久島宥三作品集Ⅲ
馬之介悠遊
久島宥三
文藝春秋
企画出版部

馬之介悠遊

久島宥三作品集Ⅲ

目次

届かぬ想い

一

西日の差す午後のひと時、馬之介は人の気配がするので玄関に出た。

ひとりの女が立っていた。木綿の着物に下駄ばき、背負った風呂敷包みを顎《あご》の下で留めている。

「どちら様で?」

「お邪魔いたします。私、牛込水道町の呉服屋、『志の屋』から参った喜代《きよ》と申します」

女は深く腰を曲げて頭を下げる。上げた視線が涼しげである。

丁稚や手代でなく女の行商まがいとは珍しい。馬之介の心に興味がわく。(一体幾つぐらい、十代? 二十代?)

「何用で?」

「私繕い物を商いにしています。お安く丁寧にやらせていただいています。旦那様のところには、何か繕い物はございませんか」

どうしたことか、お喜代はこの日、本所・深川のお得意回りから、何気なく馬之介宅へ寄ってしまったのである。裕福な屋敷が得意先であるが、通りすがりに見た馬之介の屋敷のたたずまいが、お喜代を引き付けたのである。

馬之介にとって、近年珍しい出会いである。さっさと帰すわけにはいかぬ。

「えーと、繕い物って、あったかしらん。ちょっとお待ちくだされ」

部屋へ戻ると、

「おーい、お豊《とよ》、来てくれ」

現れたお豊に向かって、

「お豊、家には何か繕い物はあったかしらん」

「旦那様、そのようなものはありませんよ」

「そうか……、まあいいから、箪笥《たんす》の中を一度見てくれ」

お豊が箪笥の引き出しを引いて、覗き込むように、一枚一枚着物をめくっていく。ずいぶんな数だ。ほとんど使っていないものもある。四段目の引き出しの一番上に、普段使いなれた一枚があった。

「おいそれだ、それがいい」

「でも旦那様、別にこれは……繕い物では……」

「構わん。これにする」

待たせた女に、

「これを頼む」

女は、背中の荷物を下ろし、馬之介の着物を手にして、疑問気である。

「立派なお召し物」

「着慣れたもの。一度手を入れたいと思っていた。どうだろう、綺麗さっぱりと作り直してほしいのだが」

「やらせていただきます。洗い張りがありますし、少し手間がかかりますが」

「いくら手間がかかっても、構いませんよ。こうしてお願いするのも何かの縁。末永くお願いしますよ」

お喜代は馬之介の着物のところに印をすると、風呂敷に包み背中に負い、首もとで留める。入ってきた時より、背中の荷物の厚みが増したのが馬之介の心を和ませた。

「いつごろ出来上がるかな」

「五日後には」

「五日後と言うと……予定はない。待っていよう」

五日という日が馬之介にとって、割合と長い。暇だからか、いやいや時々ふっとお喜代のことを思い出すのだ。こういうことが重なると、待つ身は長くなる。

五日後の昼時、お喜代は現れた。戸口で丁寧に頭を下げて、

「お預かりの品、出来上がりましたので持ってまいりました」

お喜代は背負った行李を下ろし、玄関に置いた。

「中でしっかり見させていただきますよ。どうぞ上がってください。遠慮することはありません」

「では失礼させていただいて」

部屋に入ると、お喜代は行李から着物を出して、畳の上に広げた。ほぐして洗い上げした着物は、生き返ったようである。一見して、丁寧な仕事ぶりが分かる。馬之介は着物に手を通してみたい欲求にかられた。

「綺麗になりましたなあ、ご苦労様でした。着てみたいですな。失礼しますよ」

馬之介は立ち上がると、着ているものを大胆に脱いだ。濃い毛脛である。ちらっとお喜代を見ると、顔を背けてじっと下を見ている。

大まかに着物に手を通し、

「どうです」

上からお喜代を見下し、微笑んだ。

お喜代はきつい視線で、足元から上へ馬之介を見て、すっくと立ち上がった。馬之介の後ろに回ると、襟元に手を入れ、形を直した。馬之介の背中を見ながら前に座ると、着物の裾を引っ張って、馬之介の姿勢を正した。着物の襟元をそろえ、左右にしっかりと体に巻き込み、襟の端を馬之介の右手に摑ませ、着物がだらけぬようにさせた。

兵児帯《へこおび》を持って馬之介の後ろに回ったお喜代は、帯を馬之介の脇の下から一回りきつく巻きつける。お喜代の顔が馬之介の肩に食い込む。ほんのりと甘い化粧の匂いが、馬之介の鼻をつく。この時馬之介は、家族の匂いを嗅いだ。平凡な一家の暮らしが脳裏をかすめる。長い間味わったことのない気分である。思わず彼は腰に回ったお喜代の手を押さえ、力を込めた。お喜代がしがみついたように感じた。お喜代を引き寄せた。体は微かに震えていた。しかし、馬之介は、力を込めた手をゆるめた。

着せ終わると、お喜代は馬之介の前で正座する。馬之介は、自分の形を確かめながら、目線を着物姿の己にうつし、

「お喜代さん、どうであろう」

誇らしげにお喜代を見る。お喜代は馬之介を眺め、一瞬言葉を止め、

「旦那様は、気品があって立派なお方」

と控えめに言う。

「嬉しい言葉をいただいたが、己のことは良く知っている。今は、身も心も新しくなった感じだ。有難うよ。お代はいかほど？」

「一朱で、……お高いでしょうか」

『お高いでしょうか』が馬之介の胸を突く。

「ああ、それからやってもらいたいものがある」

荒々しく箪笥の引き出しを引いて、

「これも頼みますよ」

お喜代に手渡す。着物を見つめていたお喜代の心底に、どんな仔細があったか分からな

いが、

「立派なお召し物、預からせていただきます。今回は……七日ほどかかります。よろしいでしょうか」

「構いません。楽しみにしていますよ」

お喜代は、両手をついて頭を下げ、行李を背負うと、首もとで包みの紐を留めた。戸口に立つとお喜代は、一瞬動きを止め、見送りの馬之介を振り返り深々と頭を下げ、馬之介を凝視した。馬之介の視線も固まった。密かに（気になる可愛いお人だ）と思う。

「気をつけて帰られよ。ところでお喜代さんの店は何と言ったかな？」

「牛込水道町の『志の屋』です。よろしかったら何時でもお寄りください。お待ちしています。では、ご無礼いたします」

馬之介は出て行ったお喜代のことが気になる。お喜代が店で働く姿がふっと眼前に浮かぶ。一度訪ねてみようと決心する。

本所吉田丁に住む馬之介にとって、牛込は山の手、通いなれた場所ではない。このことが馬之介の気を引く。

川開きの近い大川を渡るのは、いつものこと気分が良い。華やいだ賑わいは馬之介の好むところ。両国橋を渡って、神田を通り、江戸川の岸沿いに進み、石切橋を渡ると牛込水道町の町並みだ。本所深川辺りと比べて趣きは静か。武家屋敷を左に、町並みは長い。馬之介は長い町並みの中から『志の屋』を探す。町並みの切れ目まで行って見つからず、一本通りを越して、やや不安を感じたところで、やっと『志の屋』の看板を見つけた。どうやらここまで、牛込水道町らしい。

間口は七間ほど、通りに面して、店は開け放たれ、若い女が客の相手をして、反物を広げている。片方で、白髪がらみの男が、中年の女の相手をしている。来客が数人いる。主の横に反物を差し出している手代がいる。外回りをしている女がいるなんて、と思っていた馬之介にとって、手代がいるのに驚く。

店内を覗いてみる。お喜代がいない。目を外に移すと、お喜代がいた。洗い張りための板に洗った反物を張って干していた。前掛けに頰被り姿。

馬之介はしばらくお喜代の仕事振りを眺めていた。小柄であるがきびきびしていて気持ちが良い。馬之介に気づいたお喜代が、頰被りをとりながら飛んできた。

「関谷様、先日は失礼いたしました」

丁寧に頭を下げる。

馬之介は、日差しを浴びて、微笑むお喜代を見て、

「忙しいですか」

「お蔭さまで、貧乏暇なしです。まあ、どうぞ中へ入ってください」

お喜代は馬之介を案内して中へ座らせると、父親らしい男のもとへ。男は立ち上がって、馬之介のところへ。

「関谷馬之介様、ようこそ。お世話になっております。手前『志の屋』の市兵衛《いちべえ》と申します。この度は、家の娘が仕事を頂いてまいりまして、お気に入りますようにすすめてまいります」

「いやいや、わざわざ注文にお越しいただいて、忘れていたものを思い出し、なんだか日頃の気分が変わったみたいです。嬉しいこと、これをご縁に末永くお願いしますよ」

この時、客の相手をしていた女が、手を休めてため息をつき、

「お喜代ちゃん、仕事は終わっていないでしょ」と、お喜代の姉らしい。

お喜代は、姉の言葉に逆らわず、

「はあーい」

と言って、急いで外へ飛んで行った。女は馬之介を見て、にっこりと微笑んで頭を下げた。

差し出された茶を一口飲んで、女を見た。

二十歳前後の面立ち、お喜代よりずいぶん年がいっているように見える。品のいい落ち着いた雰囲気、笑うと歯並びのよい白い歯が覗く。

「お喜代がお手間をお掛けしませんでしたか」

「いいえ、丁寧な仕事をしていただき喜んでいますよ」

「あなたは　確か本所吉田丁の……」

「しがない旗本の関谷馬之介と申します」

「関谷様、お父上様とは御同居では？」

「私は普段、関谷馬之介と名乗っていますが、別居の父は、下谷に住む大槻登志蔵と申します」

主の市兵衛が立ち上がって、馬之介の隣に来て座り、

「へえー、さようでございますか、あの大槻様のご子息でいらっしゃいますか。驚きましたなあ。大槻様と言えば下谷きってのお大尽旗本。改めて市兵衛、関谷様にご挨拶申し上げます。今後ともよろしくお付き合いをお願いいたします」

威儀を正して、深々と頭を下げる。

馬之介は恐縮し、

「大したことはございませんよ。お喜代さんにはよくして頂いています。これからも良しなにお願いしますよ」

このあたりでと話を切り、立ち上がって、頭を下げる。

「お菊、お見送りを！」

市兵衛が娘を急き立てる。馬之介は娘の名が、お菊であると知る。

馬之介は遅れて出て、視線を落として、お菊の履物を見て、お菊と足並みをそろえる。

並んで立ち、胸を張る。離れた別の入り口から急いで出た市兵衛は、手をかざして二人を見る。『何ともはや似合いの夫婦だ』

この二人の姿が市兵衛には、眩しいほど美しい。

お喜代が飛んで来て、

「関谷様、本日は有難うございました」

頭を下げ、馬之介を見る、お喜代の瞳が輝いている。

「反物の張り替え忘れでないよ」

お菊はお喜代を追い払う。去っていくお喜代の姿が跳んでいる。

戻ってきたお菊を呼んだ市兵衛は、

「なんだかふらりとやってきたみたいだけれどお菊、どう思う？　関谷様のことだよ」

「見るからに立派なお方。お金にはお困りにならない方、ゆったりしていて、落ち着きがあり、優しいお方だと思います。少々お顎が長くはありますけど……」

「そんなんじゃあない。独り者かな？」

「お一人暮らしかと思うけど」

「どうしてそれが分かる」

「雰囲気ですよ」

「そう思うか。……女の勘というやつか。ところでお前、幾つになった？」

「いやだなあ。娘の年を忘れるなんて、二十歳ですよ」

「そーかー……一度、関谷様にうかがってみようかな。（だんだん消え入りそうな小さな声になる）」

「おとっつあん！　何を」

「他でもない。お前のことだよ。分かるね。いいかね」

「親の言うことに逆らえません」

お菊は嬉しそうに、表情で同意する。お菊は馬之介に一目惚れである。

市兵衛の心は弾む。

「おーい、お喜代こっちへおいで、関谷様のお宅へは今度いつ行くのかね」

「三日後になりますけど」

「そうか。これからのこともある。お宅についても聞いておこう。お住まいはどのあたり？」

「本所吉田丁の蘭方医養寿院様のお隣です」

「本所吉田丁の養寿院、……養寿院だね。……一人暮らし？」

「お一人で暮らしています」


馬之介の訪問により、『志の屋』の市兵衛もお菊もお喜代も馬之介に好感を抱いた。馬之介との再会を望んでいるところがあった。そんな中で、市兵衛は三日後の出来上がった着物は、お菊に持たせようと考えていた。お菊は乗り気であった。

お喜代は、着物を持っていくのは当然自分だと思っていた。これを楽しみにしていたのである。市兵衛の遣り口には不満である。

馬之介宅への手土産を何にするか、市兵衛は心を弾ませていた。お菊は、梅園のおはぎか榮太樓総本舗のきんつばがいいと思ったが、市兵衛は強引であった。彼は酒だ、酒だと言って、酒を選んでお菊の気持ちを抑えた。市兵衛は馬之介を見て、この御仁は酒だと読んでいたのだ。

市兵衛は酒買いに手代を行かせた。めあては神田和泉町『四方九兵衛』の銘酒「瀧水」である。

当日、『四方九兵衛』の屋号の入った、一升徳利に熨斗《のし》をつけ、出来上がった着物を風呂敷に包んで手代が持ち、お菊は出かけることになる。出がけに市兵衛は、お菊の耳元で、

「抜かりはあってはならんぞ。おもてなしの心を忘れぬように」

とささやいた。

その日は、お喜代との約束の日、待ち構えていた馬之介は玄関の物音に、直ぐに応対に出た。お菊と手代を見て、馬之介は驚く。お菊がわざわざ出てこようとは思っていなかった。ましてや手代を連れて。

馬之介には当てが外れた思いがあった。お喜代はいなかったのだ。

「関谷様、出来上がってきましたお召し物を持って上がりました。よろしくお目通しくだ

さい」

お菊は風呂敷包みから着物を出すと、

「つまらぬものです。お口に合うかどうか分かりませんが、父からの御挨拶です」

と言って、銘酒「瀧水」の徳利を手代から受け取り、

「ご苦労さん、お前はもう帰っていいよ」

二人きりになった。馬之介は、玄関に立つお菊を見る。瞳がキラキラ輝いている。

「本日はお手数を、おかけいたした、ご苦労様でした。拙者の好きな銘酒を頂き恐縮です。お父上によしなにお伝えください。さあさあ、お上がりください」

お菊を部屋の中へ上がらせる。遠慮するお菊にかまわず招き入れ、お豊に茶を用意させる。

茶を持ってきたお豊は、盆を置くと、かしこまって頭を下げ、馬之介を見、お菊を見、急須から茶を注ぐこともなく出ていく。すると、お菊が盆ににじり寄り、急須を持って、湯呑に茶を入れ出した。綺麗なうなじと白い頬、小さな唇の横顔が馬之介の眼前に迫る。

湯呑をとって、一口飲んで、お菊を見る。視線が合って微笑むお菊が綺麗である。お菊は掌に湯呑を載せ、包むように茶を飲んでいる。お豊では見られない光景だ。家庭をもて

ば日頃の何気ない営みの中の風景だと馬之介は思う。日頃まま脳裏をよぎる結婚の言葉、『いよいよか、そろそろか』……静かなたたずまいに、うぐいすの鳴き声。

「お菊殿、本日は嬉しい出会いとなりましたな。折角ですから出来上がった着物を、着たいと思います」

着物を取り出し、羽織る。襟を正し、裾を腰にしっかりと巻き付け、懐に膨らみを作る。過日のお喜代の仕草を思い出す。お菊は帯を持ち、中腰になって、馬之介の腰に密着して、手際よく作業をする。しまいに馬之介をうしろ向きにして、お尻の上で帯を締める。この時渾身の力を込めるように、帯の先をお菊は持ち上げる。一瞬間が空いて、お菊は帯の具合を確かめるように、両手で馬之介の巻かれた帯の上をなぞった。馬之介はお菊の手を押さえ、軽く力を込めた。一瞬、お喜代のことが脳裏を走った。馬之介ははっとして、握った手を解いた。お菊の目には張り詰めるような訴えがあり、耳元に赤みがさしていた。

お菊はどのように帰ったか、よく思い出せない。

馬之介は手土産の銘酒「瀧水」の封を切った。湯呑についでごくりと飲んだ。この日の馬之介は、この一杯で打ち止めにした。

帰りを待ち構えていた市兵衛は、お菊を呼び寄せ、

「お菊や、どんなだったか」

市兵衛の顔は、興味津々である。

「楽しい一日でしたよ。馬之介様はやさしいお人」

「そうかい、そうだろう。わしも一目見て、そう思ったよ。ところで、お酒のことは何か言っていたかい?」

「とっても喜んでいたよ。私がいなければすぐにでも飲み始めたみたい」

市兵衛は自分の遣り口が間違っていないのを密かに喜ぶ。

「持って行った着物は、きちんとお渡ししたかい」

「お渡しいたしました」

「お召していただいた?」

「ええ、着ていただきました」

「出来立ての折角のお召し物、馬之介様どんなふうだったかな」

「お上手でしたね。それぁまぁ、慣れていらっしゃるから、でも……」

お菊の言葉が、一瞬途切れて、馬之介に手を握られたことは口を噤《つぐ》む。

「帯は私が締めました」

お菊にはこの時の馬之介の手のぬくもりが蘇る。

商売柄、二人の様子が市兵衛には手に取るように見える。想像力をかき立てる。

「馬之介様は何かおっしゃったかい」

市兵衛は馬之介の具体的な反応が知りたい。二人の間に何かあったのではと。

「袖をピンピンと引っ張って、私の方を見て、嬉しそうでした」

お菊の返答に、市兵衛は満足できない。密かに『ほかに何かあったんじゃあない』と思ってしまう。お菊に言えるはずがない。しかし市兵衛は、年甲斐もない馬之介の仕草を想像し、うまくいったと安心する。

市兵衛の頭をよぎったのは、次をどうするかであった。「次の一手」「次の一手」と呟き部屋の中を歩く。女房の妙《たえ》が唖然《あぜん》として彼を見ていた。

馬之介は、市兵衛の下心を感じていた。このままでは、お喜代への想いは、市兵衛によって圧倒されてしまう。


注文回りに行くお喜代を捕まえて、市兵衛は、

「今日は本所・深川辺りへ行ってもらうことになっている。ついでと言っては何だが、関

谷様の所へ寄って、これを渡してほしい」

普段はあまり乗り気のしない、お喜代の返事が早い。渡された包みを見ると、神茂のはんぺん・かまぼこである。

市兵衛は、お喜代に向かって、

「この間はお菊が大変お世話になりました。思わぬことに神茂のはんぺん・かまぼこが手に入りました。都合のいいことに、関谷様の近くに伺いますので、お気に召すかどうか分かりませんが、ご笑納くださいませ、と、近所へ来たからと、何気なく渡すんだよ」

市兵衛はお喜代に言い聞かせる。市兵衛は、銘酒「瀧水」のおつまみにどうぞ、の魂胆である。お喜代にとってこの日の何軒かは、はっきり言ってどうでもよかった。馬之介宅への気が弾む。ただなん刻が良かろうかと心を配る。

手土産のはんぺん・かまぼこが気になる。ひょっとして馬之介様は、この手土産を見て、早速ご酒をお召しになるかもしれぬ。思うに馬之介様はそんなお人だ。ならば昼少し前がいい。ただ手土産を渡すだけだから、私のことはそんなに気遣いをしてもらわなくてもいい。

玄関でお喜代は、市兵衛からの口上を、頭を下げて言うのみであった。馬之介はお喜代の顔を見て喜んだ。ここしばらく、時々お喜代の顔を思い出すことがあった。馬之介の顔は緩んだ。手土産を見てさらに緩んだ。

お喜代は、視線を上げて、馬之介を見て驚いた。にこやかに微笑んでいる。馬之介が着ていた着物は、先ごろお喜代が洗い張りして、新しく仕上げたばかりのものであった。

これはお喜代の心を揺さぶった。心が一気に晴れ、素直になった。

馬之介は手土産をとって、

「近くに来たからと言って、これは嬉しい贈り物、市兵衛殿の気遣い、心に響きます。さあさあ、お喜代さん上がって、上がって。これからの仕事？　まあいいじゃあないか。この馬之介が許しますぞ」

「本当によろしゅうございますか？　じゃあ、お言葉に甘えて」

お喜代には断る気持ちはない。積極的ですらある。

「お喜代さん昼時だ。ご飯を食べていきなされ。おーいお豊！　昼の用意を頼む。客人だ、二人分だ」

現れたお豊は、二人を見て怪訝である。そんなお豊にかまわず、

「嬉しいじゃありませんか。近くに来たと言って、わざわざ手土産を持ってきてくだ

さった。神茂のはんぺんにかまぼこだ。折角だ。これを肴に一杯だ。酒も用意してくれ。酒はこの間頂いた『瀧水』だ、まだ沢山残っているぞ」

「旦那様……いくらなんでも」

と言って、お喜代の方を向き、同意を求める。お喜代はさっと立ち上がり、

「お豊様、私、手伝います」

あっけにとられるほど早かった。

出来上がった料理は、お喜代が、私が持っていくと、お豊を制して運んできた。急なことで品ぞろえが十分でないのは仕方がない。吸い物にお新香・はぜの甘露煮に神茂のはんぺんとかまぼこである。お豊の苦心の跡がみられる。はんぺんとかまぼこは幾つかに切ってある。

料理を眺めていた馬之介は箸をとると、自分の皿に盛ったはんぺんとかまぼこを、幾つかお喜代の皿のあいたところに移した。

「いいんだよ。折角だから」

と馬之介は、さして表情を変えない。実は、はんぺんとかまぼこは、はじめお豊が、お喜代の皿にも盛っておいた。これをお喜代が移し替えたのだ。お喜代は自分の心遣いが理解

されなかったことよりも、馬之介の心遣いに参ってしまった。

「ありがとうございます」と、立ち上がり、

「不調法でありますが、馬之介様、お酌をさせてください」

馬之介は酒を注ぐお喜代の手つきがおぼつかないのが、嬉しい。新鮮なのだ。

これは彼にとって、思わぬ事態の展開である。酒を飲みながら、雰囲気を楽しむが、一方ではお喜代を手ぶらで帰すわけにもいくまいと思慮する。また、再会の工夫もあるが、長居もさせられないとも考える。

帰る段になって馬之介は、

「お喜代さん有難うよ。これは今日のお使いのお礼、も一つはお手数をかけるが、お酒のお礼ということで、市兵衛殿へ、本石町へ寄って、『鈴木越後』を買って持って行ってくだされ」

と言って、応分の金を包んで渡し、

「ああ、そうそうこの間、お喜代さんのお蔭で着物が綺麗になり、着てみて気分も爽快になりましたよ。けど考えてみると、帯が少々ね……新しくしたらと思うんでね。一つ帯を注文しておきますよ。見栄えのいいやつをね。見立てはお喜代さんに、お任せします。今

度来るときは、お喜代さんに持ってきてもらうと嬉しいな。今日の料理は急だった。今度は場所を変えて、ゆっくりやりましょう」

お喜代は気分が晴れ晴れとする。馬之介の言う『帯の見立ては、お喜代任せ、自分で持ってこいと言い、次の料理は、場所を変えてゆっくり』というのが、喜びを倍にさせた。

帰ってきたお喜代の話を聞いて、市兵衛は最初、不満であった。注文が何もなかったからである。しかし段々機嫌がよくなった。馬之介が誂えたお菓子の返礼を見た時、それが高価な「鈴木越後」の羊羹《ようかん》であった。馬之介の気持ちはまだ途切れていないと感じ、なおさら帯の注文を聞いて、不満は失せ喜びに浸たった。近頃の市兵衛はお菊の婿取りにのめりこんでいる。

夕食の時、妙・お菊・お喜代を前にして、少々晩酌で口の軽くなった市兵衛は、

「お喜代、無駄に人生を送ってはいないな。仕事はそれなりにやっておる。感心じゃ、わしは嬉しい。今日の馬之介殿へのお伺いは、良かった。馬之介殿から返礼を頂いたばかりか帯の注文を受けてきた。お喜代の人柄じゃ」

お菊が、

「お喜代は可愛いからねえ」

「そんなんじゃありません。すべて馬之介様のなさったこと。ところでおとっつあん、帯は私に見繕ってくれとおっしゃっていますけど」

「お前に？」

「ええ、私に持ってきてくれとも……」

「そうだなあ……お前が行くことはない。これはお菊に任せよう」

「でも私にとおっしゃっていますし、前の時も私が行くのかと思ったけど……」

市兵衛はチラリとお喜代を見て、不審な表情を見せるが、

「そんなに行きたいか。でも前のこともあるし、こりゃあお菊に任せよう」

「おとっつあんの気持ちわかるよ。これはお喜代にゃあ、似合わないよ」とお菊。

お喜代は市兵衛を見て、俯《うつむ》き加減に箸を持つ。

市兵衛はお喜代のこともあると今になって気付く。

お喜代が座って、繕い物の仕事をしている時、馬之介宅に帯を届けて帰ってきたお菊と市兵衛の話し声が否応なく聞こえてくる。二人の声は大きく弾んでいる。楽しそうで、嬉しそうである。お喜代の着付け糸をとる指に力が入り、思わず指先を鋏《はさみ》に当て切ってしまう。指先を唇に当て舐める。血を吸いながら、お喜代は二人を見る。お喜代の馬之介を慕

う思いに陰りがさす。『でも』の思いは消えない。

本所・深川の得意回りのこの日、何時ものように支度して出かけようとした時、お菊が、「お喜代ちゃん、今日はこざっぱりして、綺麗ねえ」と言う。

お喜代は、腰をかがめて足早に玄関を出る。念入りに化粧もしていたのである。

馬之介宅の玄関で顔を見合わせた時、まさしく破顔一笑と言うのであろう。馬之介はご機嫌で、

「さあさあ、お喜代さんお上がんなさい。遠慮はいりませんよ。どうぞどうぞ、今日あたりお喜代さんにお会いできるかと、待っていましたよ」

お喜代はつつましやかに、

「先日は失礼いたしました。私が来られるとよかったのですが、代わりに姉が来ることになりました。如何でしたでしょうか」

「お喜代さんに出会えなくて残念でしたねえ。でも今日お喜代さんの元気なお顔を拝見して、嬉しいですねえ。お菊さんも綺麗なお人、楽しい思いをいたしましたよ」

お喜代にとって、『綺麗なお人』は胸に来る。

「ところで、あの兵児帯はお喜代さんが選んだもの?」

「いいえー、姉が選びました。お気に召しましたか」

「お菊さんが選んだのですか。お菊さんらしい、いささか拙者には若作りかな、身に付けて外に出ると、皆様どうかな?」

「身に付けるとおっしゃいましたが、私、ほんにつまらないものですが、馬之介様にと思って、手土産にこんなものを用意しました」

と言って、熨斗紙に包んだ品物を差し出した。中身は足袋《たび》である。

熨斗紙の文字はお喜代が書いた。如何様に書くか、お喜代は悩んだ。ひとえにあからさまになってはいけないという自制の念が働いたのである。

熨斗紙の中央に、粗品と書くのが常である。粗品の思いはあるが粗品であってはならぬ。

お喜代は『馬之介様』と名前を書いた。名前の横に添え文として、悩んだ末に『お喜代の心』と書いた。

馬之介は暫く文字に見入っていた。熨斗紙の中の足袋を取り出し、手にして微笑んだ。

ゆっくり眺め、嬉しそうに、

「これ、お喜代さんが作ったの?」

「ええ、初めてだから出来具合が心配です」

と言って、馬之介の表情を窺う。

馬之介は感心し驚く。縫込みの糸が丁寧で、丈夫な感じである。こはぜ（足袋を留めるための小さな金具）の位置を変えたための、針の穴が微かに残っていた。これを見て、馬之介はこの足袋はたぶん、自分にぴったりにできていると確信する。

「よくもまあ、私の足の大きさが分かりましたなあ」

「うふふっ、お分かりになりますか」

「いいや、まったく」

「『志の屋』には沢山の男のお客が参ります。失礼にならぬように、眺めて勉強しました」

「どんな男が、どんな大きさをということですか、驚きましたなあ」

「馬之介様は、背がお高くいらっしゃいます。背の高いお方を探して、時には呼び止め、お聞きして作りました。でも実際に計ったわけではありませんので……」

「なあに、普段でも買ったものを引っ張ったり、伸ばしたりして履いていますよ。ちょっと待って。履いてみましょう」

お喜代の苦労は、馬之介を感激させた。彼はやにわに足袋を履き出した。こはぜがやや硬かった。足袋はぴったりと馬之介の足にはまった。

「このこはぜが硬いのがいい。ついでだ、着物も帯もこの際だ、着てみよう」

馬之介は箪笥から、過日洗い張りをして新品同様になった着物と、お菊が持ってきた新しい兵児帯を取り出した。後ろ向きになって着替える。裸の馬之介を、前の時は見ることができず視線を下げて俯《うつむ》いたお喜代であったが、密かに視線を上げて、馬之介の後ろ姿を見た。帯締めを手伝おうと思ったが、その必要はなかった。

着終えて、お喜代を見る馬之介は、胸を張って、

「どうかな……お喜代ちゃん、こっちへお出で」

お喜代は何も考えなかった。すぐ馬之介に順応した。

馬之介は化粧鏡の前に立って、お喜代を呼び寄せ、手を取って並び、軽く肩を抱く。お喜代は、真っ赤になって俯いている。心臓の鼓動が聞こえんばかりである。馬之介はそっとお喜代の額に手を当て持ち上げ、鏡に正対させる。二人の映った鏡を見ながら、

「お喜代ちゃんどう？　馬之介生まれ変わった心地だよ。こんなことはここ数年来なかった。年甲斐もなく嬉しいねえ」

お喜代は馬之介が言っていることが聞こえない。ただしがみつくように馬之介に絡みつ

いた。馬之介の腕に力が入った。二人は畳の上にしなだれるように倒れた。

市兵衛は、飛んで帰ってきたお喜代を見た。

「今日は何もなかった？……仕方がない、こういうこともあるさ。ところで、お喜代、何かあったかい？……」

「いいえ、何も」

と言って、お喜代はそそくさと奥へ引っ込んでしまった。

市兵衛にはお喜代の言動が、気になってきた。


大川の川開き（五月二十八日）が近づいた。江戸市民が華やいだ気分になる。

市兵衛は二十日に、両国橋東詰の『明石屋』で一席設けた。お菊の婿取りを気遣う試みである。

お菊は二十歳、川開きも近い。ここらで一つ、お菊のお披露目でもと市兵衛は理由をつけた。

出かけるとき市兵衛は羽織袴で、お菊にはとっておきの衣装をさせ、お喜代には、普段に似合わぬ化粧を強いた。

招待を受けた馬之介は喜んだ。綺麗に身だしなみを整えて、『明石屋』に向かう。元来馬之介は、賑やかなところが好きである。いつ来ても、大川橋を渡る時の川風は心地よい。近頃評判の『明石屋』の料理に食い気が走る。もちろんお喜代やお菊のことも頭にはある。『明石屋』の二階へ上がって、馬之介は驚いた。いかにもにぎにぎしいのだ。市兵衛も女房の妙もお菊もお喜代も着飾って、そろって頭を下げて馬之介を迎え入れたのである。言われた席についていて、また驚いた。先客がいたのである。若々しい凛とした青年がまっすぐ前を向いて座っていた。馬之介と視線を合わせると、軽く頭を下げた。『さて何者だろう』、宴席の持つ意味が馬之介にも見当がつく。

市兵衛一家はこちら側へ、侍と馬之介は、一家に向かい合って正面に二人並ぶ。

満面に笑みを浮かべて、市兵衛は恭しく頭を下げ、

「本日はお忙しい中、関谷馬之介様、篠塚喜一郎様よくお出でくださいました。お二方とも我が家族にとって、一方ならぬお付き合いの深いお方。薫風誠に麗しい今日の日、江戸の人々の心沸き立つ大川の川開きも間もなくです。心が大きく広がる思いです。

こんな時、我が娘お菊が二十歳を迎えました。嬉しい限りです。ひとつ気合を込めて、祝おうと、不肖『志の屋』市兵衛思い立ちました。お笑いくださるな。何せ我が家は女ば

かりの家族、この際のわたくしめの思い、ご理解ください。

先ほど申し上げました通り、関谷様・篠塚様は娘二人とも相知る仲、篠塚様はお父上の代からのお付き合い。あまたお得意様のある中で、是非ともご出席賜るようにお願いしましたところ、快諾していただいて、今日の日を迎えることになりました。お二方様、有難うございました。重ねてお礼申し上げます。

挨拶が長くなってもなんですから、乾杯といきましょう。音頭を関谷様お願いできますか」

「いやいや、篠塚さんにお願いしたらどうでしょう」

馬之介は、御鉢を篠塚喜一郎へ回す。

喜一郎は一瞬戸惑う。馬之介がどのように『志の屋』に関わっているのか、全く知らない。年恰好人品を見ても、自分より上の感じがするのだが、この際、四の五の言っている場合でない。

「私ではどうかと思いますが、関谷様の御推薦でありますので……、市兵衛殿、お菊殿、この度はおめでとうございます。……皆様のご多幸を祈って、乾杯！」

市兵衛はまずは一杯と、馬之介と喜一郎の前へ来て、酒をすすめ、お喜代、お菊に二人への酌を命ずる。お喜代へは喜一郎、馬之介へはお菊と割り当てる。

綺麗な姉妹に酒をすすめられて、二人とも悪い気はしない。市兵衛は彼らを横目に、妙の酌に応じる。

馬之介は酒がすすむにしたがって、我が身の成りあいを話しながら、隣の篠塚喜一郎と会話を交え、打ち解ける。篠塚喜一郎は、おいおい話す馬之介の境遇に、羨望の面持ちである。どうやら馬之介が、相当な援助を父親からもらっていることを薄々感じ、我が身をおもんばかってやるせない。

一方馬之介は、酒を飲んでも一向に崩れない喜一郎に、尊敬の念を抱く。馬之介が得た喜一郎については、当年二十六歳、浅草車坂丁の武家屋敷に、還暦を迎える母親と二人で住む。父親は数年前に物故、兄弟は幼いうちに亡くなり、一人残った姉が、九州へ嫁いでいる。二十五俵二人扶持、無役である。

馬之介には、喜一郎の暮らしぶりが自ずと目に浮かぶ。小さな屋敷に僅かな野菜畑、背伸びして洗濯物を干す母親の姿。つつましやかである。

この男の毎日は如何なものであろうか。しっかり育てられた下級武士の毎日に興味が湧く。

お喜代は喜一郎への酌を務める。しかし彼女は喜一郎の酒量のほどを知らない、こういう時の心遣いもよく分からない。馬之介は、お喜代の酌は早すぎないか、心配する。喜一郎は一向に動ずることなく、お喜代の酌を受け、時々微笑みながら、声をかけている。言葉の一言一言が馬之介に響く。やりなれぬ酌をするお喜代への励ましや、安らぎを与える心遣いに満ちている。

酒がすすむ馬之介に、お菊の体の心棒は力が抜けていく。たおやかである。酒を注ぎ、口に入れる馬之介を見上げるお菊の眼には、迫って来るものがある。綺麗になったもんだと馬之介は、我が身をゆすられる。

市兵衛が、

「お喜代にお菊や、お相手を変えて、一杯ぐらいはいいだろう。飲んでみたら」

足早にお銚子を持ったお喜代は、馬之介に嬉しそうに酒を注ぐ。緊張が解けたみたいだ。馬之介が一杯注ぐと効き目が足早にやってきた。お喜代の頬に赤みがさす。

「もう一杯どう?」

と、馬之介が銚子をあげると、

「はい」

お喜代の早い返事、馬之介の心に、自制が働き、

「やめておこう」

と、馬之介は銚子を下げる。赤らんだお喜代の表情に不満が残る。これが馬之介にとってもお喜代にとっても、打ち解けた最後の会話となった。

この日喜一郎と馬之介は、お互いの家を訪問することを約した。馬之介は喜一郎がちょっとした酒飲みだと理解し、楽しい訪問になるのではないかと想像した。

宴は和やかに続いた。馬之介と喜一郎は、市兵衛家族の見送りを受けて、明石屋をあとにした。

二

馬之介は、一升徳利に鰺《あじ》の干物をぶら下げて、浅草車坂丁の篠塚喜一郎の屋敷に行った。七つ刻（午後四時）。喜一郎の屋敷は、武家屋敷の一角にあり、七十坪ほどの大きさであった。家の前に二十坪ほどの野菜畑があり、茄子やきゅうりが植えられている。物干し竿があるのは想像した通り。

案内を乞うと、年老いた女が出て来た。きちんとした身なりで礼儀正しい。この老婆が

喜一郎の母親であろう。すぐに喜一郎が現れ、旧知のような表情で馬之介を迎え入れた。

部屋は質素であるが、清潔である。床の間の菊の花瓶の横に、うずたかく書物が積まれている。易経（五経のうちの一つ）の字が読める。

馬之介の手土産を見た喜一郎は、

「母上、酒の支度を」

馬之介の第一声は、

「懐かしいものを見ました」

「何でしょうか」

「床の間の易経ですよ。こう見えても幼い時から、四書五経の素読をやらされました」

「馬之介殿もやはり……。馬之介殿のこと、しっかり勉強なさったのでは？」

「見れば分かるでしょう。真面目に勉学に励んだとは、到底言えませんな。月に二回、先生が来られて、一刻ほど、正座して頑張りました。これは嫌でしたね」

「四書五経のうち、心に残っているのがあれば」

「それは胸を張って言えます。論語です。小さい時の論語の一言は、今でも心にしっかりのしかかっています」

「お聞かせ願えますか？」

「お恥ずかしいですが。この際ですから、それは論語の中にある、「巧言令色鮮し仁《こうげんれいしょくすくなしじん》」です。言葉を飾り、表情を取り繕う者に、言ってみれば人に敬愛される者はいない。この言葉を学んだ時、巧言令色は、自分のことではないかと、深く反省し、いまだにこの言葉に縛られています」

「左様ですか。馬之介殿にもそんなことが。古《いにしえ》の人の言葉は消えません。私どもはそれらを学んで、自らに生かさなければなりません」

母親が、酒肴を持って入ってくる。盆の上は、馬之介が持参した鯵の干物・香の物・お銚子である。二人のそばに座って、両手をついて、

「お越しいただいて、たいしたものはできませんが、ごゆるりとご歓談ください」

「急なお訪ね、迷惑をおかけします。どうぞご心配なさらずに」

馬之介が頭を下げて挨拶すると、喜一郎が、「母上おいでくださった馬之介殿は」と言って馬之介の人柄・生活の様子を話す。話の中で、自ずと馬之介の恵まれた環境や豊かな生活ぶりが醸し出される。

面はゆい気持ちで聞いている馬之介は、

「喜一郎殿が言われることほどではありません。しがない旗本の倅《せがれ》、いまだに無役、独り者です。拙者に引き換え、喜一郎殿は申し分ない立派な御仁、母上殿、幸せですな」

母親は馬之介の生活ぶりを聞いて、抑えながらも、息子の良さを話し出す。

「喜一郎の父が、現役でお役についていた当時は、我が家は敷地が百七十坪ありました。数年前に父が亡くなりまして、本来ならば、喜一郎が後を継ぐ予定でしたのに、どうしたことか継ぐことができませんでした。二人だけの生活になり、百坪ほど屋敷を手放して、今の家になりました。小さくはありますが、私どもにとっては、十分過ぎるほどです。父親が亡くなって、お役を継ぐこともできなかった喜一郎ですが、良いこともありました。喜一郎は学齢期になると、湯島のご聖堂に通うことになりました。私が申すのもなんですが、どうしたことか喜一郎は、小さい頃から、群を抜くような……」

喜一郎が突然きつく、

「母上！　そこまで」

と言って、母親を制す。

「いいえ、喜一郎や、これはお前にとっても我が家の暮らしにとっても大事なこと、関谷様には是非知っておいていただくことだと思います。……それで、喜一郎は、群を抜く成績でした。幾つかの関門を優秀な成績で突破して、御褒美を頂くことも何度もありました」

喜一郎が、母親を抑え、

「これからは私が話しましょう」

と言って、

「実のところ、昌平黌《しょうへいこう》へどうかという話もありました。一方で旗本家や大名家から子弟の勉学指導の要請の声もありました。私は後者を選びました。馬之介殿がご覧になった床の間の書物は、私の必読書です」

この時馬之介は、当初から感じていた、喜一郎の知的な面貌の由来を理解した。

二人は酒を酌み交わし、談笑した。当然先日の、『志の屋』のお喜代やお菊のことも話題になった。馬之介は、喜一郎が、お喜代に関心が強いのを感じ取った。お菊の大人の美しさより、清楚でうぶなお喜代が好まれたのである。

灯りが必要になった。月が出て部屋へぼんやり明かりがさした。二人は廊下に出て、並んで月を見た。無言であった。喜一郎はお喜代のことを、馬之介もお喜代のことを考えていたのである。

しめに母親の用意した湯漬けを、お新香で食べた。

帰路馬之介の脳裏にあったのは、お喜代のことであった。お喜代は喜一郎に好かれている。


大川の川開きの日、馬之介は市兵衛に招かれて、再び明石屋へ行った。七つ刻（午後四時）。両国橋周辺は大混雑である。普段のようには川面の風を楽しめない。今日の宴会はどうしたもんだろうか。忠臣蔵の船中秘密会議で、討ち入りの最終決定をしたなどと、秘めたる大事でもあるのかと脳裏をめぐる。

市兵衛はすでに待っていた。酒肴の用意もされている。

外は立錐の余地もないほどの人出である。繰り出された納涼船が数知れない、喧騒の中、明石屋の部屋の中は、ひっそりしている。

市兵衛は、

「関谷様、本日はお忙しい中、よくお出でくださいました。お礼申し上げます」

と言って、銚子を差し出す。

「実は拙者も本日は、川開きを見ようと思っていたところ、良い機会に恵まれ光栄です。

して、市兵衛殿、本日は拙者に何か？」

市兵衛は微笑みながら、馬之介に酒を勧め、

「実は先日の祝いの後で、いろいろございまして、……。はっきり申し上げましょう。お喜代が嫁に行くことになりました」

馬之介に気持ちの傾くお喜代の心を知りながら、肚に決めてきたことを語る市兵衛の表情に安堵感が出る。

馬之介は強い衝撃を受け、今日の招きの訳を知る。いろいろなことが頭をめぐる。

「お相手は、やはり……？」

「お分かりになりますか？　浅草車坂丁のお侍、篠塚喜一郎様でございます」

「それはおめでとうございます」

「祝いの席で私が見るに、篠塚様の優しいお喜代に対する振る舞い、受けるお喜代の初々しさ。似合いの二人だと思いましたね、これを機会にと急ぎました」

「なんだか事が上手に運んだみたい。よかったですな」

とは言っても馬之介には、内心忸怩たるものがある。

「篠塚様は、とても優秀なお方、立派なお人だと聞いております。お喜代も十七歳。年頃

です。またとない機会。世間知らずのお喜代に、この際、親の見る目の確かさを教えなければなりません」

「お喜代さんには、お菊さんという年上の娘さんがいたけど……」

「順で言えば、確かにお菊は年上、世間様では、年上のお菊の方が先だと思われるでしょうが、良縁があれば、手を打つのが娘を持つ親の務め。篠塚様の嫁となれば、お喜代は幸せになれると信じました」

「当のお喜代さんは？」

「言い聞かせました。親の私が娘の幸せを思って勧めていること。これは全く偽りのないこと。お喜代は納得しましたよ。それにお喜代の仕立ての腕はもう大丈夫。『志の屋』の仕立物を回します。決して暮らしに困るようなことはさせません」

市兵衛の言葉の中に、お喜代の気持ちが想像できる。お喜代は何と言ったか分からない。市兵衛には、親の言うことが聞けないなどとは、てんから許されない。が、お喜代には、馬之介への強い思いがある。市兵衛はそれを知っている。

市兵衛はお喜代の我儘を許さなかった。

馬之介は喜一郎の人柄を知り、彼に寄り添えたお喜代を想像するに、悪くはない。しかしゃるせない気持ちである。

市兵衛はあらかた事の次第を馬之介に告げると、気楽になったのか、酒がすすむ。気分は晴れぬが、馬之介は、次第にわだかまりも解けてくる。

一番花火が揚がった。市兵衛は立ち上がると、

「折角だから川開きを覗きましょう」と馬之介を誘う。

二人は廊下に出て、川開きを眺める。軒下の押し合いへし合いから川面へ視線を移すと、幾千かの納涼船の灯りが川を照らし、昼間さながらである。灯りのついた対岸の料理屋が綺羅星のように見える。

再び飲み始めた二人であるが、突然、威儀を正して座りなおした市兵衛が、ぐっと馬之介を睨んで、

「関谷馬之介様、市兵衛一生のお願いがございます」

前から肚に決めてきて、この時を待っていた気配である。

「大げさな！　いったい何事でござる」

「我が娘お菊をどう思われます」

「女らしく美しい、申し分ない娘さんだ」

「それを聞いて安心しました……。単刀直入に申します。お菊を嫁にもらっていただけないでしょうか」

「急なこと、それは……」

この時馬之介は、来るべきものが来たと思った。市兵衛の狙う本丸は、我が身、馬之介にあったのではないか……お菊を馬之介の嫁にさせたい。馬之介を慕うお喜代が邪魔になる。早く片付け、お菊と馬之介を一緒にさせたい。……この市兵衛の思いが、彼を走らせている。

馬之介はお喜代を思い、簡単においそれとは返事をする気にはなれない。

「ありがたいお話ですが、何分急なこと、今しばらく……」

「お待ちいたします」

市兵衛は予想していたのか、決断が早い。

「市兵衛殿、仮にお菊さんが嫁に出て行ってしまったのでは、家業の方がお困りではない……」

「御心配には及びません。何でしたら関谷様に婿養子になっていただければ、願ったり叶ったりですが」

市兵衛は微笑んで馬之介を見る。

「いやあ、それは無理です、御冗談を。いろいろと相談するところもありますので。返事は暫く待ってください」

馬之介は、申し訳ないが断るべきだと考えた。仮にお菊と結ばれたとしても、お喜代とお菊は姉妹。同じ呉服屋、『志の屋』の出、長い人生何かにつけて幾度となく顔を合わせることになる。思うに馬之介とお喜代は相知った仲、気まずい思いは避けられない。馬之介の繊細さはこれを許さない。世知に長けた市兵衛は、一緒になってしまえば、どうと言うことはない、と安易に考えていたのかもしれない。

篠塚喜一郎とお喜代の婚礼が、両国橋の『若盛』で行われると連絡を受けた時、馬之介は行くがいいか、行かない方がいいか迷った。

思案の末、行くことに決めた。おめでとうの一言ぐらい言うべきである。それにお喜代の花嫁姿も見たかった。この際だから、お菊との縁談の断りもしたい。

弘庵の辰三に尺五寸の真鯛二匹に、贈答用の樽酒に熨斗をつけさせ、婚礼の前日、『志の屋』へ持って行った。

『志の屋』はごった返す賑やかさ、猫の手も借りたい市兵衛を呼び出し、口上を述べ祝い

の品を出す。この時馬之介は、

「市兵衛殿、この間は有難いお話、感謝いたします。周りの者に相談しましたところ、良い返事がいただけませんでした。これは『志の屋』さんをどうのこうのと言うわけでは決してありません。お分かりください」

やや浮足立っていた市兵衛の表情が変わり、

「そうですか」

と言って、厳しい視線で、

「こんな時、なんですから、場所を替えてゆっくりと……」

「いやあ、無かったことにしていただいて、……。明日はお喜代さんのめでたい婚礼の日、出させていただきます」

と言って、そそくさとその場を離れた。


式に出かけた馬之介の思いは、ひとえに二人の表情を窺うことであった。花嫁・花婿姿で座っている二人に、

「おめでとうございます。お幸せに」

と言ったとき、喜一郎は満面に笑みを浮かべて礼を言ったが、お喜代は一言も発さなかった。ただ馬之介を白無垢の衣装の下から目線を上げ、じっと見ただけであった。瞼にうっすらと涙がにじんでいた。

馬之介は一言市兵衛へ祝言を言うと、すぐ会場を後にした。

三

馬之介が、喜一郎の訃報に接したのは、結婚式から一年たった間もなくであった。七月十一日、五つ半（午後九時）、喜一郎は旗本蜂谷右京邸で講義を終え、帰路屋敷の前の林で、惨殺された。

馬之介が弔問に行ったのは、翌十二日の午後であった。知らせを聞いた弔問客が後を絶たない。お喜代と母親は気丈に来客に対応していたが、疲労感はぬぐえない。市兵衛も陰で沈痛な面持ちであった。

お喜代は馬之介を前にして、静かに喜一郎の顔の覆いをとった。喜一郎は眠っていた。寝顔は美しく、喜一郎の生前を髣髴《ほうふつ》とさせる。それはいかにも学問を愛した男の顔であった。この時お喜代の右手が伸びて、喜一郎の頬に触れ、軽く撫ぜた。お喜代の泣きはらした頰に、一筋の涙が流れた。馬之介は夫婦の絆の強さに一撃をくらう。

弔問を終えて帰る馬之介は、お喜代が哀れでたまらない。将来が心配でもある。お喜代は二十歳前、一人の老婆を抱えている。


馬之介には今回の篠塚喜一郎の死についてよく分からないところがあった。

馬之介は下谷の父大槻登志蔵を訪ね、事件について尋ねた。

父大槻登志蔵は馬之介の話を聞いて、浮かぬ顔をしていた。やむを得ず馬之介は、『志の屋』のこと、お喜代のことについて話した。お喜代、お菊姉妹との関わり合いは、話さなかった。

「ああ、あのことか」

と言って父親は、

「篠塚喜一郎殿が殺されたのは、人違いの巻き添えによるものだ」

よくあることのように、驚かない。

「人違い？　それは異なこと」

「蜂谷右京家は揉め事を抱えていた。その巻き添えを食らったのだ」

「差し支えなければ、その揉め事とやらを、お聞かせください」

「実はのう、蜂谷殿の次男坊為任《ためとう》の親友高月平三郎が遠州浜松で人を斬った。相手は、旗本林亀之助の末弟久五郎、東海道中の茶屋での揉め事だ。発端は箸にも棒にもかからぬこと、どちらか一方が頭を下げて謝っておけば済むようなこと。これがどちらも気位が高く、引き下がらない。やがて刃傷沙汰《にんじょうざた》となった」

「遠州浜松の出来事が何故に江戸まで？」

「平三郎は親友蜂谷家の為任を頼って、蜂谷家へ逃げ込んだ。林家では、平三郎の身柄引き渡しを要求した。こうなると厄介だ。旗本家同士の私憤だ。お上のお偉方は手を出さない。怒った林家は執拗に、平三郎の身柄引き渡しを迫った。しかし、蜂谷家は頑として応じなかった」

「何とかならなかったもんだろうか。蜂谷家にとっては、平三郎はいわば他人、こうも頑強に、引き渡しを拒否するとは……」

「旗本の中には、助けを求めて逃げ込んできた者を、命に代えても守らなければならぬという掟《おきて》がある」

「そんなもんでしょうか」

「それが旗本の気概というものだ。粋なところだ」

「そのことと篠塚喜一郎殿とのかかわりあいは？」

「林家では、このらちのあかない事態に業を煮やし、腕の立つものを雇って、蜂谷家に張り込みをさせた。いずれは平三郎も屋敷から出て来るだろうと狙ったのだ」

「出て来たところをバッサリ。溜まり込んだ私憤を晴らす」

「つまりその日、七月十一日、平三郎が外出するという知らせを掴んだ連中は、蜂谷家の前の林の中で平三郎を待った。


五つ刻（午後八時）を過ぎて間もなく出て来たのは、二人の武士、一人は出講を終えた篠塚喜一郎、今一人は出張を命ぜられて、上方に向かう武士だったらしい。

連中はこの男を平三郎と間違えた。この男は当然、旅姿。暗闇の中で人相などはよく分からない。喜一郎は軽装に脇差。待っていた連中は、抜刀して二人に襲いかかった。狙われた二人は当然、防戦。喜一郎は、いわば学者、学問には精通しているが、武術は弱い。おまけに脇差、相手の刀捌きに負け、数多くの傷を負い絶命した。残った一人は必死に逃げて、屋敷へ逃げ込み助けを求めた」

というのが、父登志蔵が、蜂谷家に親しい旗本から聞いた事件の概略であった。

馬之介は喜一郎を襲った不運を呪わずにはいられなかった。

初七日の法要で馬之介は、故篠塚喜一郎の屋敷を訪れた。五十両の金を用意していた。法要が終わって、参拝者が帰り、静かになったところで、義母とお喜代に、馬之介は話した。

「この度のご不幸、慰めの言葉が見つかりません。わたくし喜一郎殿と初めてお会いしたのが、明石屋で『志の屋』の主人、市兵衛さん主催の祝いの席、ここでお喜代さんと喜一郎殿が、親しくご酒を召し上がるのを拝見いたしました。その後改めて、この家で喜一郎殿と語らい、相知る仲となりました。ご縁というのでしょうか、市兵衛さんは私も知る間柄、差し出がましいことですが、残った喜一郎殿のご家族の窮状を座視することができません。私のできることならなんでも致します。どうぞご遠慮することなくお申しくださ い」

と話し、あらためてお喜代にたずねた。

「お喜代殿、これからの暮らしどうなさいますか」

お喜代は両手をついて深々と頭を下げ、

「関谷様、お心遣い有難うございます。喜一郎が亡くなりましてから、まだ日も経っていません。正直なところ、たしかな心づもりは決まっていません。しかし、これだけはと言うことは決めています」

「それは、この家を継いでいくことですか？」

「それだけははっきり申し上げられます。私はこの家を継いでいくつもりです。私は、亡くなった篠塚喜一郎の妻であり、篠塚家の嫁であります。喜一郎の残された母もいます」

「お喜代殿は若い。再婚の話などは？」

「考えていません」

「婿殿を迎え入れるなど？……」

馬之介は義母の顔色を窺う。義母はお喜代を見る。

「関谷様、有難いお話ですが、先ほど申した通り、考えていません」

「分かりました。お喜代殿の決意のほどを伺い、心強く思います。……喜一郎殿が亡くなられたのは急なこと、暮らしで何かお困りなことは？」

「ないと言っては嘘《うそ》になりますが、暮らし向きについては、多少の貯えもあります」

「何時までもと言うわけには……」

「『志の屋』の父の申すには、食うに困らぬように、仕立物を回してやるということでした」

「それは嬉しいことですな。けど市兵衛殿もお年寄り、それに姉のお菊殿も先ごろ婿殿を迎えられたやに……」

「人さまにはご理解いただけるか分かりませんが、お菊姉とは実の姉妹です」

馬之介がとやかく言うことはない。わずか一年余りの結婚生活で、喜一郎とお喜代の絆は強いものとなった。お喜代は人を近づけない。

馬之介は懐の五十両に手をやったが納めた。


近頃、馬之介に張り合いがない。飲み友達の帯刀《たてわき》大作と飲んでいても元気がない。

「おい、馬之介殿どうかしたのか」

「どうもない」

「意気が上がらぬではないか」

「やるせないのさ」

「やるせない？」

「長い人生、何かかーかある。いっときのことよ。おーい、辰三兄ーお銚子一本」

馬之介は、意気ばって酒を飲みだした。

身近にいるお豊も馬之介の言動が気にかかる。着替えをたたんでしまっておこうとして、

「旦那様、最近あんなによく着てみえたお召し物、さっぱり手を通さなくなったみたい。飽きてしまったんでしょうかねえ」

膝枕で寝そべっていた馬之介は、ガバッと立ち上がり、箪笥へ向かうと、引き出しを開けて、着物・帯・足袋をお豊に向かって放り投げた。

馬之介にとっては、お喜代やお菊の思い出多い物ばかりである。手に取って膝の上に乗せ、眺めるお豊に向かって、

「わしの目に入らぬとこへ、処分しておくれ！」

お豊は小さくつぶやいた。

「失恋でもしたのかしら」

小耳にはさんだ馬之介は、

「つべこべ言うな！　決してわしの目につかんとこへだ！」

どんと右足を床へけり落とした。

梅雨が明ける

梅雨が明ける

一

うっとうしい梅雨の晴れ間、五つ半（午前九時）、馬之介は芝白金の高坂道場へ足を運んだ。この日は、道場主高坂監物《けんもつ》の代稽古の日であった。

稽古着に着替えていると、なんだか静かである。門弟の空を切る気合いの声が聞こえない。下男の平吉が青い顔をして現れ、

「道場破りです！」

「道場破り!?　高坂殿は如何いたした」

急いで身支度を整えながら道場へ、廊下を歩きながら、馬之介は平吉に尋ねた。

「外出中です」

「何処へ」

「半刻前、先生が来られることをお見通しのようで、ちょっと行ってくるとおっしゃられて、出かけました。間もなく帰って来られると思います」

「相手の風体は？」

「歳の頃、三十半ば、眼光鋭く、貧しい衣服、少々疲れた様子です」

「腕はどうか？　道場は少々静かだが」

「はい。最初久米様がお相手いたしましたが、手首に一撃を食らい、今道場の隅で手首を摑み、肩を震わせています」

久米は、曲がりなりにもできる男。

「それで？」

「つぎに岡部様が向かいましたが、右肩に打ち込まれ、ついで塩野義様が立ち向かいました。長い勝負となりましたが、一瞬のスキを突かれ、胴払いを受け、悶絶してしまいました」

道場に入ると、田辺主水《もんど》と向かい合う男がいる。二人は睨み合ったまま、ゆっくりと右に回っている。

田辺主水は、元遠州横須賀藩の浪人で、幼子二人を抱え、妻の内職に頼る暮らしをしていた。みかねた馬之介が、子どもの行き先を決め、妻ともども高坂監物に賄い・下働きとして世話したものである。剣の腕もそれなりに立つ。

向かい合って立ちまわりながら、馬之介の視線に入った男は、チラリと馬之介を見た。眼光は鋭いが、人を射抜く力はない。薄汚れた袴に、そこらで拾った、すり切れた藁縄で襷がけである。中背で咽の下にあばら骨が見える。

「主水殿、もう良い。拙者が相手をする」

構えを解いて、馬之介を見る主水へ、

「後を頼んだぞ」

道場の隅で、痛みをこらえる門弟に目をやり、主水に顎をしゃくり上げて、相手に向き合う。

「拙者は当道場の主、高坂監物に代わって、道場を預かる関谷馬之介と申す。門弟に代わってお相手仕る」

相手の顔に逡巡が走る。馬之介は、長身、見上げるような男である。立ち居振る舞いが自信に満ちている。

「拙者は、石州浪人高岡慎太郎、ご教示願いたい」

切っ先を構えて、互いに向き合う。

馬之介が爪先立って、一歩踏み出すと、高岡慎太郎はすすっと構えて後ろに下がり、大きく息を吸いこんだ。馬之介は、こやつ出来るなと思う。しかし、肚に力が感じられない。試しに踏み込んで、木刀に力を込めて左に払った。相手の切っ先は左に折れるが、たちどころに元へ戻し、ぐっと馬之介を睨んだ。この瞬間馬之介は、

「とおっー!」

間髪を入れず、面へ向かって打ち下ろした。彼は両手を広げて、馬之介の木刀を受けた。相手は馬之介に比べて、背がかなり低い。馬之介は押さえ込むように、上から木刀をねじこんだ。高岡慎太郎、当初は腰を入れて、馬之介の押し込みに抵抗していたが、さらに上から、渾身の力を入れて押さえ込むと、腰が砕け、へたり込んでしまった。馬之介は深追いをしない。

「まいりました」

高岡慎太郎は、木刀を片脇に、両こぶしを道場の床に付け、深々と頭を下げた。馬之介

を見上げる眼差しは、悔しさよりも、同情をそそる趣があった。

この男は、しばらく満足に寝ていない、飯も食っていない。

「高岡殿、本日は久しぶりに良い勝負ができた。お礼を申す。何もないが、飯でも食っていきなされ」

「お騒がせに参った拙者に、そんなことをしていただくなんて」

「いいから、何も遠慮することはない。大したことも出来なくて、恐縮なくらいだ、さぁ、こっちへ」

馬之介は、客間へ高岡慎太郎を連れて行くと、主水の妻八重《やえ》を呼び、食事の用意を頼んだ。もじもじする八重へ向かって、

「何でもよい、あるもので結構だ」

八重は、めしびつを抱え、入ってくると膳の用意をした。茶碗に大根の漬物、茶だけである。飯を盛り付けると、

「馬之介様、こんなものしかできませんが」

「高岡殿、こんなものしか用意できぬが、やってくだされ」

「かたじけのうございます」

高岡慎太郎は、ものも言わず茶碗の飯を食いだした。大口を開けて、思いっきり飯を頬張ると、大根漬をポリポリ。黙って見ている馬之介をしり目に、八重に二杯目の茶碗を差し出す。

二杯目もあっと思う間に平らげると、

「空っ腹に飯、うまいもんですなあ」

と言って、大根漬をポリポリ。

「よろしいかな」

と、八重の顔色を窺いながら、三杯目を要求する。八重は茶碗にしっかりと飯を盛り、しゃもじをカタカタ音をさせながら、めしびつの飯をさらって、茶碗に押し付けるように盛り付けて、慎太郎に差し出す。

さすがに高岡慎太郎の早食いは収まった。彼は漬物をおかずに、味わいながらゆっくりと食べた。食べ終わると食器を置いて、茶をがぶがぶ、汚れた手ぬぐいを懐から取り出し顔をぬぐい、恥ずかしげに、

「関谷馬之介殿、馳走になりました」

「大したことも出来ず申し訳なかった。如何でござった」

「いやはや空腹の身、かたじけのうございました」

「失礼ながら、お尋ねするが、何処にお住まいか」

「今のところ、住まいは決まっていません」

「住所不定というところか、それは大変。何か事情でもおありか」

「実は、内藤新宿の中町で、旅籠《はたご》柏屋のめごと処理に雇われておりました。昨夜も遅くなって、客足も途絶え、晩酌を切り上げ寝ようと思ったとき、突然夜陰を破る女の悲鳴があがりました。

二階の女たちの小部屋からでした。飛び込んでみると、雲助みたいな男が、女に馬乗りになって、猛烈な勢いでビンタを食らわせていました。女の首元の畳には、匕首《あいくち》が叩き込んであり、空になった徳利が転がっている。

とっさに『これはまずい』と、刀の鞘で男の横腹を気合を込めて突きました。

ゴロンと転がった男が、血走ったすさまじい眼差しで、

『貴様は一体何奴！』

『当柏屋の用心棒だ！』

『うるせえ！　邪魔立てするな！』

畳に叩き込んである匕首を引っこ抜き、向かってきました。その時匕首が女の首筋に当たり、血がどっと噴き出しました。血を見て男は死に物狂いの形相。

真一文字に突きを入れてきた男の、小手を叩いて匕首を落としにかかりました。しかし、しっかり握った匕首を手放すことなく、見境なく振り回します。このままでは拙者の方も危ない。とうとう鞘を払って抜刀し、袈裟《けさ》懸《が》けに切って落としました。

立ち尽くして、部屋中の血の海を見て、我に返り、『これはまずい』とさすがに思いました。部屋のありのままを見れば、この事態は何とでも言い訳はつく。しかし当主の、この頃口癖のように言う、『この商売も近頃危なくなってきた。お上の厳しいご詮議もあり、いつ何時取り潰しになるとも限らない。くれぐれも事を起こさないで欲しい』という言葉が浮かんできました。そこで、取るものもとりあえず」

「出奔したわけですな。金も持たず」

「さよう。一睡もしないで、市中を這いずり回り、辻堂で休んで、空腹に耐えきれず」

「当道場へ来たわけだ」

「とは言っても、他の道場も当たってみたわけです。外から覗いてみると、主はいそうにもない。稽古する弟子の様子を見て、ここならよかろうと稽古を申し込んだわけです」

馬之介は安く見られたもんだと思いながら、目の前の男のおかれた状況を理解する。根っからの悪人とも思えない。このまま放りだしてしまうのは気の毒だ。

「頃合いを見計らって、終わりにしようと思ったところで、関谷殿と対戦することになり申した。見るからに関谷殿は強敵、しまったと思いながら……結局はこのざま」

「もう良い。高岡殿、ご貴殿の様子を察するに気の毒じゃ。これはわずかだが、本日の稽古料だ。これからのことを考えられよ」

と言って、懐紙に二分包んで渡した。慎太郎の顔に安堵感がはしる。金を手にして、慎太郎はじっと馬之介を見た。馬之介は、泰然自若としているが、眼元は微笑んでいる。

「関谷様、誠にかたじけない。飯を頂きその上金まで頂き、高岡慎太郎お礼の申しようもありません。何れは良き日もありましょう。ぶしつけながら、関谷殿お住まいをお教え願えないでしょうか」

「住まいとねえ、……良いではないか」

「是非！　是非に！」

「本所吉田丁、養寿院の隣だ」

馬之介は、ややぶっきらぼうに言った。高岡慎太郎は、暇乞いをすると、落ち着いた足取りで出て行った。馬之介の目には、慎太郎の綺麗に結んだ兵児帯が、彼の臀部の動きに合わせ、上下に動くさまが笑って見えた。

梅雨のうっとうしい日、激しい風雨に襲われることになった。

雨の中を小走りに帰った馬之介は、着物の水滴を払いながら、内から雲行きの怪しくなった外を覗く。表は次第に暗くなり、急激に雨脚が早くなった。激しい風雨が軒を叩き、屋根から川のような雨水が流れだした。庭木の枝が風に吹かれて、屋根瓦にひっきりなしに当たっている。『これではどうもならん』と呟き、雨戸を全部閉め、入り口の戸にかんぬきをして、行燈《あんどん》に火をつけた。蒸し暑く息苦しい。

お豊に枡酒を運ばせ、書棚から十返舎一九の「東海道中膝栗毛」を取り出す。座布団を取り出し小脇に抱え、ごろりと横になり、弥次さん喜多さんの滑稽な道中話を読みだした。

小半刻経って、行燈の灯りが時々揺れ、細くなるのに気付いた。風は入ってくるはずがない。首を起こして、行燈の油を確かめる。油皿の菜種油は十分ある。芯の汚れもない。再び本を読みだす。

行燈の灯りが、小刻みに揺れながら、ふっと消え、直ぐ灯りを取り戻した。息が重い。

人の気配に、とっさに馬之介は体を反転させた。ちゃぶ台の上の枡酒の桝を掴み、思い切り、侵入者の顔に投げつけた。更に反転して、床の間の大刀をとって、片膝を立て身構えた。

相手は、さっと桝を大刀ではね、まじろぎもしないで突っ立っている。水滴がひたひたと畳に落ちる。行燈の灯りが弱くなるところに相手の顔がある。浪人仕立ての髪が、雨に濡れ額に流れている。相手の顔がよく分からない。無言で睨みつける。底光りのする眼光が馬之介を見下し、

「関谷馬之介殿！　拙者じゃ、高岡慎太郎だ！」

馬之介は声を聞いて、相手をじっくりと見直し、

「高岡慎太郎殿か」

と言って、緊張を解いた。

「まあ座れ。こんな時、一体何事ぞ。どこから入ってきた」

「あいすまぬが、勝手口の戸をこじ開けて入って参った。四の五の言っておれない事態で、やむなくお願いに上がった次第でござる」

「こんなにひどい雨の中、戸をこじ開けて入ってくるとは、如何なる緊急事態であるの

か」

「実を言うと、拙者今追われている身、命が狙われている」

「それは一大事、またどうして？」

「訳を言っている間はありません。私の願いは馬之介殿以外には叶えられないと確信して、参ったのです。どうかお願いです。これを十日ほど預かってください」

慎太郎は懐から白い絹の組紐で縛った、縦横一分、長さ五分ほどの桐の箱を取り出した。

「なにも申さず、ひとえに十日ほどお預かりください」

慎太郎の眼は哀願している。彼は両手をついて、深々と頭を下げた。馬之介が、箱を持って一言言おうとすると、すっくと立ち上がり、

「馬之介殿……御免蒙る。預かってくれと申したが、再びお会いすることもかなわぬと心得る」

「慎太郎殿の願い、馬之介しかと承った。ただし十日限りだ。よろしいな」

慎太郎は馬之介の差し出す番傘に目もくれず、勝手口へ向かった。この時、馬之介は幽霊のような女が立っているのに気が付く。水滴で髪が額から頬にかけて流れ、薄暗闇の中で、視線が合った。女の流し眼は、素人の女のそれではなかった。

慎太郎は馬之介に桐の小箱を託し、女とともに無言で勝手口から消えた。

馬之介は、渡された小箱を手に、怪訝《けげん》である。桝を部屋の隅から拾い上げ、お豊を呼んで、酒を用意させた。

いったん小箱を床の間の戸棚に置き、ちゃぶ台の前に座って、一口酒を飲んだが、やおら立ち上がり、戸棚から小箱を取り出した。しばらく眺めていたが、意を決したように、組紐を解きだした。

桐の小さな丸棒に巻かれた書状が出て来た。綺麗にしっかり巻かれた書状は極めて短い。一読しただけでは、内容がよく分からない。謎めいた文章である。慎太郎が命を賭して、馬之介に託した理由が、これからは直ぐには読みとれない。

文言は極めて簡潔であっけない。

『ここに、申しつけたことについて、紙上をもって確認する。間違いなきように心得よ。以下のさ・や・へ・だ、の四名は、貴公熟知の人物である。早急に処刑せよ、やり方は貴公に任せる。

六月一日　　◎　』

眺めているうちに、おぼろげながら、◎の人物が、貴公と呼ばれる何者かに、渡した物らしい。文言からすると、暗殺命令だ。この小箱をこの人物の周辺にいた慎太郎が黙って持ち出し、盗んだのではないか。

人の窮状を見逃せない馬之介と分かって、激しい風雨の中、持ってきた物だ。持っていれば禍の元。破いて捨ててしまえば、何事もなかったように片が付く。しかし、なんとも怪しげで、当事者にとって恐ろしい代物だ。興味津々だ、十日限りだ。それまでこっそり持っていようと色気を出す。おまけに馬之介と慎太郎のことを知っている者はまずいない。

台風一過とはよく言ったものだ。明けて翌日は、からりと晴れて好天となった。慎太郎と連れの女が、旅姿で品川の大木戸を通ったのは、翌々日の午後のことであった。

馬之介は、慎太郎から預かった文書が、誰から発信された物か気にかかっていた。戸棚の周辺の空気が馬之介の気を引く。二、三日中に何かが起こるに違いない。

新橋の金地院《こんちいん》の雑木林で、侍の惨殺死体が見つかった、という話を聞いたときの馬之介の反応は早かった。彼はすぐ、大番屋を訪ねた。以前ここで、知り合いの八丁堀同心滝川吉継と、長話をした経験がある。何食わぬ顔で、茶の接待を受け、居合わせた連中と鷹揚に世間話に興じた。実は、知り合いの滝川吉継をひたすら待っていたのである。現れた滝

川吉継は、馬之介を見ると、

「これは久しぶり」

「嵐も無事通過、市中の様子はどうかと思いましてね。散歩がてら」

「それだけ？　拙者に何か用でも？」

「いやあ、野次馬根性でね。金地院で侍の惨殺死体があったとか、貴公に会えば、何か聞けるかと思いましてね」

吉継は、馬之介の横に座ると、

「その件については、すぐに聞き込みに回った。確かに仏は、金地院の雑木林にあった。しかし、仏の身元は、寺に隣接する同御掃除丁の長屋だった」

「金地院の雑木林に遺体が見つかったのは？」

「多分呼び出されて、出て行ったのであろう。現場は、林の中の人目につかない場所。辺りは争った形跡もなく、仏はうつ伏せで、背中がざっくりと割れ、見事に一両断。後ろから不意打ちを食らったらしい。遺体の様子からすると、相手は男の知り合いではなかったか」

「殺された男は、どのような男か聞かせて欲しい」

「年は三十五過ぎ、三か月程前、引っ越してきたようだ。武州浪人と言っていた。万年床であったが、生活に困っている様子もなく、浪人らしくは見えなかった。変わったところで毎晩どこかへ出かけ、夜遅く帰ってきたと長屋の連中は言っていた」

「嫁のことは？」

「聞いていない」

「訪ねて来る者は？」

「いなかったらしい」

「男の名前は？」

「竹脇順三郎。長屋の連中が言っていた」

馬之介は、さ・や・へ・だの四名を頭に描いてみる。彼は、さ・や・へ・だ、は四名の頭文字ではないのかとあたりをつけていた。当てが外れたようだ。

「今のところ手掛かりは何もなさそうだ」

馬之介は立ち上がると、

「滝川殿、多忙な中、迷惑をおかけした。貴公の話を聞いているうちに、拙者の野次馬根性は、止み難いものになった。後で結構だから、何か分かったらお聞かせ願いたい」

滝川吉継は戸口に向かう馬之介に向かって、

「そういえば、金地院の住職の言うには、惨殺現場を見に来た者があったそうだ」

吉継の最後の言葉は、馬之介を捉えた。

馬之介は金地院へ行くことにした。その前に、彼はまず同御掃除丁の長屋を訪ねた。洗濯場や井戸を通って、せせこましい通路の右側に、戸口に忌中の紙が貼ってある家がある。彼は、戸口に立って、戸を開けて中を覗きたい欲望にかられる。しかし、長屋へ入ったときから、長屋の連中の険しい視線を背中に感じていた。そのまま通路を抜けて、文字通り雑木の中をくぐり抜けるという格好で、隣接する金地院の境内に入る。

金地院の境内はとてつもなく広い。本殿ははるかかなたである。

馬之介は、惨殺現場に立った。死体はすっかり片付けられている。木々の葉っぱや土に血のりが残っていた。踏み荒らされた形跡はあるが、思ったより少ない。

馬之介は、長屋から雑木林の現場を目で追い、現場に腰を下ろして、血を含んだ土を触ってみる。ひっそりした佇まいから、刺客と思われる人物に殺された侍は、背後からやにわに襲われ、一言も漏らさず、うつ伏せに倒れ、息絶えたのだろう。

馬之介は、本堂に向かい、住職と面談した。

「……ええ、見に来た連中は、いましたよ。四六時中しっかりと見ていたわけではありませんが、私の知るところでは、七人いましたね。長屋からはいないと思いますよ。大体の話が、噂は金地院の境内で見つかったということでしたし、長屋からは慣れたものでないと、よそ者では……。ここは増上寺の裏側に当たり、寺ばかりで、昼間でも人通りの少ないところ、だから私が見た七人が少ない人数というのが、お分かりいただけるでしょう。

七人の様子ですか。覚えている限りですが、初めに来たのは、中間《ちゅうげん》風の男、これは身なりで分かりましたね。この男は帰るのが早かったですねえ。それから、御隠居さん風の老人と手代みたいでしたな。それからご遺体を片付けるのが早かったですから、その後で、商人風の男がいましたね。それに近所のお参りに来た、下駄屋のおかみさん。これで五人になりますね。後二人は、夫婦者と言った感じでした。大刀を身に付けた深編笠姿のお侍さんと、女の人の二人連れでした。二人とも旅姿で、連れの女の人は、なんだか粋な感じでした。……」

馬之介は、夫婦者という二人が気にかかった。

「夫婦者と思われる二人について、どんな感じでした？」

「深編笠姿のお侍さんは、きちんとした身なりをしていましたね、深編笠でお顔は分かりません。女の人は、鳥追笠をかぶっていましたね。背丈はかなり大柄で、お侍さんと同じぐらい。二人は現場にかなり長くいましたよ」

「これといった、心に残るものがあれば……」

「ありません。最初の一言二言と、後は去っていく二人の後ろ姿をしばし眺めただけですから。けど女の人はなんだか人の気を引くところがありましたね、お侍さんはただ後ろ姿だけ、着物の家紋ときっちり結んだ兵児帯のみというところです」


馬之介は、慎太郎から預かった文書から、近日中にどこかで事件が起こると思っていた。被害者は「さ・や・へ・だ」の頭文字のうちいずれかであると想像した。文書を盗んだと思われる高岡慎太郎は、この四名に関わっているに違いない。

馬之介の想像はあてずっぽうな感じもするが、住職の言う旅姿の二人連れの『女の人がなんだか人の気を引くところがありましたね』は、馬之介の心を捉えた。嵐の晩の薄暗闇の中で、ぐっしょり雨に濡れた、妖艶な女の視線を思い起こさせた。馬之介の疑念は、旅姿の二人連れが、慎太郎とあの晩の女と重なっていた。彼は、ひょっとすると、竹脇順三郎は偽名ではないかと想像した。

馬之介は、住職に別れを告げると、もう一度、同御掃除丁の長屋を訪ねた。竹脇順三郎の住まいの入り口にあった忌中の貼り紙は、すでに取り除かれていた。

馬之介は、家主に向かって、

「拙者本所に居を構える関谷馬之介と申す者、実は人を探してここに参った。三河の国を出てから、妻子への連絡も途絶えて、もう半年を過ぎる。妻子は私の親類筋に当たる者。ご家老様の御用命を受けての江戸出張であるにもかかわらず、江戸屋敷にも姿を見せないでいる。拙者になんとか助けて欲しいとのこと。心当たりを当たってみたがままならず、手掛かりになるものがあれば、と参った次第である。ご多用中申し訳ないが、お話を伺いたい」

家主は馬之介の風格人品を見て、

「それは、それは大変ご苦労様、私でよかったら、何なりと。して、そのお侍様のお名前は？」

「角田忠義と申す」

「なんとおっしゃいました？」

馬之介は一瞬言葉に詰まる。角田は出まかせであった。家主は、

「角田様？……。関谷様申し訳ありませんが、角田様ではありませんでした」

「どのように申されたか」

「確か、竹脇順三郎と言っていました。なんだか酒好きの抜け目のない感じのお侍様でした」

家主の言葉は、自信に満ちている。

「竹脇順三郎とな」

とここまで言って、家主の顔をじっと見つめ、

「まさかと思うが、偽名ではあるまいな」

家主の表情に、乱れが出る。虚を突かれた感じである。竹脇順三郎の日頃の行動は、三か月前の入居以来謎が多い。家主にも疑念がわいたのだ。

「関谷様のおっしゃることも分かります。しかし私どもといたしましては、届通り竹脇順三郎様として、名主様などと相談の上、葬儀・埋葬をしました。先ほど部屋の片付けもしました」

「さようであったか。参拝者は？」

「長屋の者以外、一人もございませんでした」

「まさか」

「参拝者ではありませんが、一人変わった方がいらっしゃいました」

「どのような者かお聞かせくだされ」

「ご遺体の見つかったその日のこと、中間風の男が参りました。事件のことで騒いでいる折、私んとこへやってきたこの男は、線香をあげた後、慌ただしく帰ろうとしましたので、呼び止め、『どこのどなたですか』と尋ねましたところ、『私は何も知らない。さるお方から頼まれただけ』と言って、小走りに長屋を出ていきました」

「そんなことがあったのか」

馬之介は、金地院の住職の話を思い出す。訪ねて来た中間は、さるお方さまに頼まれただけ。何も知らないと言っても、侍がどんな男か、何がしかの手掛かりが摑めたかもしれぬ。いずれにしても馬之介は、長屋を訪ね、金地院の住職に会い、話を聞いて、慎太郎が、女とともに被害者を見に来たのか、命を懸けて嵐の中馬之介のところへ逃げて来たのか、このかかわりに合点がいき、被疑者の侍は、さ・や・へ・だ、の四名のうちの一人であることが濃厚であると睨んだ。

ここまで立ち入ってしまうと、馬之介の野次馬根性はとめどもない。真相を究めたい願望が沸き立つ。例の書状によれば、四人を早急に処分せよとあり、次の被害者が間もなく出るはずである。命令者が誰であるか、早く摑みたい。

ところで、慎太郎は女とともに旅姿、江戸にはもういない。

馬之介は自宅に戻ると、桐の箱から、書状を取り出し再読した。最初読んだ時から気になっていたのは、文末の◎である。

筆者が文末に署名し、その後に花押を書くのが、習わしである。この◎は筆者の花押のようなものに違いない。それにしても◎はおかしい。斯様な花押は見たこともない。関係者のみ分かる暗号なのか。

馬之介は、旗本三男坊で他所に一家を構える、いわば市井の人である。こうしたことに詳しくない。父親の用人、橘周利を訪ね、それとなく事情を話し、書状の末尾の◎を手書きして示した。周利はこれを見て、

「さあて、これは珍しい。花押として書いたにしては、おかしいですね。花押としての意味は認めたいと思いますが、これでは花押になりません。私には分かりかねますね」

「世知に長けた周利殿、もしかしたらと思ってお尋ねしたが、駄目であったか」

「馬之介様、雑司ヶ谷の、中野良親《よしちか》殿にお聞きしたらどうでしょう。あのお方は、お父上

の囲碁相手、今は隠居の身ですが、長くお城の祐筆を務められ、沢山の文書を目にしてきたお方、きっとお力添えいただけると思いますよ」

「これはいい話を聞いた。ところで簡単にお会いできるのか？」

「ご安心ください。良親殿は、お父上の囲碁相手、当家へよくいらっしゃいますよ」

そういえば部屋住まいの折には、中野殿の顔を見たことがあった。彼の印象は、名前に似て腰の低いやさしい感じの男であった。

馬之介にとって時間の余裕はない。次の事件が気がかりである。

「せわしいことで恐縮だが、今度は何時参られるか」

「明日です。いつものことですが、朝参られて、囲碁対局の後、昼ごはんとご酒を楽しまれてお帰りになります」

馬之介は、良親と父との囲碁対局が終わって、雑談中の二人の会話に入って、◎のことについて問うてみた。

「これは一体何でしょうか」

良親は、馬之介から見せられた◎の書きつけを見て聞いた。

「細かいことは申し上げられませんが、某日偶然頂いた秘密めいた怪しげな書状の末尾にあったものです」

「ははーん、花押のようなものですな」

「と、思うのですが」

馬之介は怪訝である。

「馬之介殿がお分かりにならないのは、当たり前でしょう。これは大家の家紋ですよ」

「ええッ！　これが家紋ですか？」

「さよう、家紋には正紋と替紋とがあり、これは替紋だと思います。極秘裏に使われるものですよ。これは蛇の目の図案です」

「これが蛇の目の家紋ですか。驚きましたな」

「馬之介殿、驚くには当たりませんよ。祐筆時代にひょんなことから、幾つか同じものを見ています」

「幾つかの家でこの◎の替紋を使っていたわけだ。面白い話ですな」

「なんならこれを使っているお家を調べてさしあげましょう」

自宅へ戻ると同心滝川吉継から、何があっても構わない、とにかく七つ半（午後五時）に弘庵で会いたいとの連絡を受けていると、友助から聞いた。

馬之介は弘庵で、滝川吉継を待った。吉継は、

「馬之介殿、過日の金地院の一件の時、何かあったら知らせて欲しいとおっしゃっていましたが、実は同じような事件が起こりました。早く、馬之介殿にお報せしなくてはと思ったのです」

馬之介の心ははやる。

「吉継殿の心遣い誠に有難い。早速事の次第をお聞かせください」

「場所は、音羽町四丁目の長屋です。桶屋の久助の女房が、隣へ朝ごはんのおかずのおすそ分けにと、あさり汁を持って行ったところ、仰向けに血だらけになって死んでいる隣の男を見つけたのです」

ここで吉継は、盃を飲み干し、一息つく。馬之介が、

「で、その男の名は？」

「後で知ったんですが、まあ落ち着いて、話を聞いてください」

吉継は、馬之介の注いだ盃をあけると、

「呼ばれて行ってみると、凄い血の量、周りの者になにか物音を聞かなかったかと聞いてみると、皆首を振る。死体に近づいてみると、髪・髭・着物、浪人らしくなくきちんと整っている。驚いたのは、カッと目を剝きだし、手首から上が切断され、ろうのように無表情で胸の上にあったことです。鎖骨といい肋骨までも切り抜かれ、切っ先が心の臓を貫いていました」

遺体の様子を聞いた馬之介は、

「まことに無残な切り口。酷いもんだ。なんだか金地院の手口と似ている。手首から上の部分が胸の上にあったというのは？」

「切られた男は、座っていて、多分大刀に手をかけようとしていたのではないか。というのは、大刀の鯉口は切られていましたから。つまり左手で鯉口を切り、右手で大刀をつかもうとしていたところを、袈裟懸けにばっさりやられたのでしょう。ほんの一瞬の鮮やかな手口、物音が聞こえなかったわけですな」

「こういう人間が絡まっていること、分かりますね。急ぎ馬之介殿に会いたいと申し上げたわけが」

「お心遣い感謝申し上げる」

「お聞きしますが、馬之介殿がどうして、斯様なことに興味をお持ちなのですか」

馬之介は、何食わぬ顔で説明するが、心はひやひやである、しっかり筋の通らぬ話を、まともに聞いていた吉継は、やがて眼を細めて心の中で反芻するように頷き、何事もなかったかのように、

「馬之介殿、お困りのことがあったら、何でも遠慮しないで申しつけください」

「嬉しいお言葉、痛み入ります。ところで先ほどお聞きした男の名前や手掛かりなど、何かありましたろうか」

「大家に聞いたところ、男の名前は、倉持源之丞でしたな。本人は名前のことは言いたがらぬ雰囲気でした。本名ではないかも。それからあまりに短いので、これはどうかと思いますが、倉持源之丞は、死の直前何かを書いていました。書きかけの物が、残っていました」

「それはどのようなものか？」

「それがたったの一行、『取り急ぎお伝え申上げ候、早……』というものでした」

「書きかけの途中、刺客に襲われ絶命したわけか。後が知りたい。残念至極……」

馬之介の脳裏に、「早」の後の言葉の想像が生じる。あまりに多くてとりとめもない。欲しいのは、名前に関するものだ。馬之介は「早」の後に名前が来るのではないかと想像する。しかし、「早」だけでは無理である。

長屋の大家は、良くしゃべる男であった。雇われ者らしい。

馬之介は金地院の一件の時のように、大家に事情を話し、死んだ男について話を聞いた。

「亡くなられた倉持様は、半年ほど前にこの長屋にいらっしゃいました。江戸生活は五年になると言っていました。ものを言うのが億劫のようで、顔を見合わせると頭を下げるぐらいの人でした。長屋の者も口をききませんでした。いつも身だしなみはしっかりしていて、羽織袴姿でした。

普段は、家にじっとしているみたいで、時々釣竿を持って、辺りの池などへ出かけていたようです」

「午後も同じよう?」

「いいえ、毎日七つ（午後四時）ころ出かけ、遅くに帰って来ました。ご酒を召しあがって、上機嫌で、都都逸なんか唸ってました。地面を掘るような低い声でした。ある時ご機嫌ですね、と言ったところ、ピタッと唸るのを止め、睨まれてしまいました」

「訪ねて来る者はいなかっただろうか」

「いませんでしたね」

「どうやら拙者の尋ね人ではないらしい。忙しい中、ご無礼致した」

馬之介は「早」の後を気にかけながら、自宅へ戻った。


二日後、中野良親に父親の屋敷で会った。

馬之介は、

「その後何か分かったことはありましたか」

「私の調べたところでは、◎を家紋や替紋として使っている大名家が、十三家ありました」

「ずいぶんありますね」

「内訳をお話しいたしましょう。戸田の家名を持つ四家と石川の家名を持つ二家、それに細川長門守を始めとして、五家が替紋として、さらに問題となる二家と都合十三家が蛇の目の◎を使っています」

「よくお調べになりましたね」

「この中で、ちょっと気になることがありましてね」

「聞きたいものですね。何でしょう」

「この十三家の内、二家のみが正紋としても替紋としても、蛇の目の◎を使っていることです」

「それはどういう家？」

「それは、加藤遠江守家と加藤大蔵少輔《しょうゆう》家の二つです。家紋に対する心得は相当なもの。心してご使用なさっていたと思いますよ」

「両家は姻戚関係かな？」

「そうなんですよ。加藤遠江守家は六万石、この中から一万石削って、分地独立させたのが大蔵少輔家、両家とも領国は伊予。聞くところによると内紛もあったらしい。どうやら問題の◎は、加藤家に関するもののようですな」

「間違いなさそうですな」

「馬之介殿のご疑念一方ならぬものを感じます。両家とも屋敷は浅草にあります。一度ご覧になったらどうでしょう」

二

馬之介の関心は、中野良親の調べによって、◎（蛇の目）を正紋とする両加藤家に移った。

馬之介は、早速、江戸切絵図を買い求め、浅草を調べた。

加藤遠江家は、浅草御徒町の組屋敷や武家屋敷に囲まれた一角に、加藤出羽守の上屋敷としてあった。この七千坪を超える広大な屋敷に隣接するように、通りを挟んで、中屋敷があった。

加藤大蔵少輔家の上屋敷は、浅草三ノ輪にあった。周囲を田・畑に囲まれた寂しい一角である。隣地の仏閣を除けば、隣に小笠原帯刀《たてわき》、通りの向こうに立花左近将監《しょうげん》の屋敷があるのみで、窮屈そうな縦長の土地に上屋敷はあった。広さはおおよそ二千坪ばかりか。大名の上屋敷としては、小さなものである。

加藤出羽守家は六万石の中堅大名として、広大な上屋敷、立派な中屋敷を持っているが、加藤大蔵少輔家の上屋敷は、出羽守の中屋敷にも及ばない。

加藤大蔵少輔家は、本家から分地を受けた時、本家の下屋敷を譲り受け、上屋敷にしたのではないだろうか。

馬之介は、両家を見てみようと思いたった。

馬之介が浅草御徒町の加藤出羽守の屋敷を訪ねたのは、四つ（午前十時）。屋敷は広く、通りに面して、重厚な長屋門があり、門から突き出た番所が左右に二か所ある。左側に何軒も長屋がある。士卒の数も多く、その他賄や手代を含めれば納得がいく。向かいの中屋敷は上屋敷の半分ほど、これも立派な門構えである。

明るい日差しの中で、屋敷の前を通る。門前はひっそりとしていて、人影を見ない。落ち着いた雰囲気である。

馬之介が加藤大蔵少輔家を訪ねたのは、それからしばらく経ってからである。田や畑の中を通って、上屋敷の前に立つ。屋敷の門構えは本家と比較するのは無理である。

馬之介には、奇妙な暗殺指示書が、堂々たる構えの出羽守の屋敷から発せられたものとは思われない。この小さな上屋敷が出元であると睨んだ。

すると、くぐり戸を開けて、羽織袴姿の二人の侍が出て来た。しばらくして、女中が風呂敷包みを持って出て来た。本家に比べて、意外と人の出入りが盛んである。

他家の門面で、長居は不謹慎である。馬之介が帰ろうとした時、着流し姿の侍が出て来た。男は、立花左近将監の塀を通り過ぎると、まっすぐに畑地を松平出雲守の下屋敷へと歩き出した。馬之介は左に折れて、海禅寺へ向かおうか一瞬迷う。しかし、足は直進し、男の後を追う。馬之介には、この男に引き付けられるものがあった。不吉な予感を感じたのである。この方向転換は、やがて正答であったことを知らされる。

男は長身で肩幅が広く、がっちりとした体。悠然と歩いている。

追跡者となった馬之介は、歩き方が変わる。歩く速さを抑え、男との間隔をあける。男が立ち止まって、振り返りでもすれば、まずいとの思いがある。

突然男が立ち止まった時は、ドキッとして立ち尽くし、見つかってしまったかと胸騒ぎが起こる。しかし男はその場で、空間を見つめ首を振っている。男は乱舞する虫たちを目で追っていたのだ。

松平出雲守の下屋敷は、加藤大蔵少輔家の上屋敷の何倍もある。長い土塀に沿って、通り過ぎ、この屋敷の正面に出る頃には、周囲の雰囲気ががらりと変わる。武家屋敷や町並みがひらける。

この辺りまでくると、馬之介は気楽に男の後を歩く。男は松平出雲守の下屋敷の門前で立ち止まった。『おや?』馬之介も立ち止まって、男の様子を目で追う。男は慣れた手つきで木戸を開け、庭内へ入っていった。

馬之介は内心ほくそ笑んだ。彼の瞬間の方向転換が思わぬ結果を呼んだのである。◎家紋の加藤大蔵少輔家と松平出雲守の下屋敷が、何かの形でつながっていることが分かったのである。高岡慎太郎が残した暗殺の命令書が、思わぬ広がりを見せたのである。厄介であると同時に興味も尽きない。

馬之介は半日の働きが、無駄でなかったことに満足し、彼は間近にある飯屋の暖簾をくぐった。店主に冷やの枡酒と肴を頼んだ。昼時客足が増え、賑やかになる。

こんな時、のそっと入ってきたのが、馬之介が後をつけ、下屋敷に消えた先ほどの男であった。彼は馬之介に何か感じるところがあるのか、じろりと見て席に着いた。

男は馴染み客らしい、店主を呼んで、注文した。

「いつものように」

と言うと、片肘ついて、右手に顎を載せ、大あくびをした。あくびの後に、店内に視線をゆっくりと投げかけた。眉毛が濃く、深く切り込んだ眼窩《がんか》が、人の安らぎを崩す。

店主が運んできた酒肴を受け取る時、挙げた右手の着物の袖が落ち、くっきりしたみみずばれがちらっと見えた。刀傷である。

しばらくすると、浪人風の男が現れ、男と、顔が合うと、目線で挨拶した。

この日の馬之介の酒は長い。客足が途絶え静かになったところで、ようやく勘定をする。

店主に、

「あそこで飲んでいたお侍さん、よく来るの？」

「ええ、よくいらっしゃいます」

「名前が知りたいんだが……」

店主の視線が細かく動き、唇が閉まる。一朱握らせる。

「実は……手前もよく知らないんですけど、たしか……吉井……」

奥から女の声で、

「ゲンゾウ（玄蔵）様だよー」

店主は揉み手をしながら、

「へへッ、そのようで」

「吉井玄蔵と申した侍だが、加藤家の上屋敷から出て来たようだが、あそこにお住まいかな」

奥から、前掛けで手をぬぐいながら出て来た女房らしい女が、

「よくお屋敷には出入りしているみたいだけど、住んでいるところは違うみたい。詳しく知らないけど……」

「後から来たもう一人、お互い知り合いのようだな」

店主は、左手を上向きに開いて、その上に右手で茶碗をつまむようにして、ぐるぐる回して、ぽんと置いた。博打だ。

「松平様の下屋敷で?」

店主は深く頷いた。

馬之介の思いは走る。加藤大蔵少輔家は松平出雲守の賭場とつながっている。


この夜、突然滝川吉継の訪問を受けた。何時でも人に会うのが嬉しい馬之介である。

「夜分、突然の訪問、お許しください」

と言われても、顔に微笑が浮かぶ。

吉継の顔が元気である。目が輝いている。馬之介は何となく、良い話が聞けそうだと、

「吉継殿、今宵は何か?」

「馬之介殿、先般の事件、新しい事実が判明しましたので、お知らせに上がりました」

「それは、それは、有難い。足を運んでいただいて恐縮です」

馬之介は相好を崩した。

「秋の夜長、一杯やりながら、ゆるりとお話を聞こうじゃありませんか。確か吉継殿とは、旦那を亡くした五番楼のしまと、日本橋の主、儀兵衛とのごたごたの件で、この家で一献あったのを思い出しますよ。今日でこの場は、二度目の邂逅ですな。おーいお豊、滝川殿と今宵は酒盛りだ。支度を頼む」

吉継は、懐に手を入れると、

「酒など御無理をなさらなくても結構ですよ……。先ほどのこと、実はこれなんですが」

と言って、小さく折りたたんだ紙を取り出して、馬之介に渡した。薄汚れた書付を広げて、馬之介は驚いた。道中手形であった。本人の名前・出身藩・旅の目的などが書いてある。

一読して馬之介は、

「これを何処で?」

「ほれこの間、殺された侍の部屋からですよ」

「大したものは見つからなかったと聞いておるが……」

「それが思わぬところから出て来たんですよ」

「それは？」

「畳の下からです。大家がね、血の染み込んだ畳じゃあ、後から来るもんが気味が悪いし、申し訳もないと、畳屋を呼んで、畳表を替えさせたんですね。その時畳をひっくり返したんです。出て来たのがそれです。どうです。馬之介殿、驚いたでしょう」

と、馬之介の顔を覗き込む。

「吉継殿でかしたぞ！　これがあれば拙者の悩みの一つは打ち消しだ」

殺された男の名前の一つが分かったのである。道中手形によれば、美濃国、苗藩大恩地長矩であった。苗藩と言えば、一万石をわずかに超える貧乏藩である。

これで、さ・や・へ・だの「だ」が、本名大恩地長矩と目安がついた。

「大家は、大番屋へ行かないで、この吉継のところへ、出て来た道中手形を持ってきました。最初の出会いが良かったのでしょうか」

「滝川殿の日頃の勤めのよさを感じますな。頼りがいのあるお方だ」

「嬉しいことを言ってくださる。そこで、馬之介殿、前の時にもお聞きしたのですが、なぜこのようなことに関わっておられるのか。改めてお聞きしたい。手形の一件から察するに、どうもお一人でこの問題に関わっていくのは無理のように思います。どうかこの吉継

る。

吉継の言に、馬之介の心が揺らぐ。専門家の手を煩わせるのも一考かと、頭の中をよぎ
「馬之介殿、ここまで来たからには、思い切ってどうです？」

馬之介は長い間無言である。

「……」

を見込んで、腹蔵なくお聞かせください」


「吉継殿にお手伝いを、お願いしなければならないみたいですな」

と言って、馬之介はこれまでのいきさつを、包み隠さず吉継に話した。

聞き終わると、吉継は一口酒を含んで、

「やはりお一人では無理なようですな。何と言っても、これは加藤大蔵少輔家が、絡んでいることは間違いない。そこで、加藤大蔵少輔家の内情を知らなければなりません。しかしこれは難しい。まずは、松平出雲守の下屋敷に探りを入れて、ここから始めるのがよさそうです。きっと何か加藤大蔵少輔家につながるものが、出て来ると確信します」

「あい分かった。それで吉継殿の考えは？」

「分かっていただいて、やり易くなりました。拙者が日ごろ使っている目明しの三次とそ

の子分の角を使って、まずは松平出雲守の下屋敷の賭場を調べさせましょう」

馬之介の前からの疑念が補強される。

「大分手間が省けそうだ。蛇の道は蛇ですな。しかし大丈夫ですかな、身元が割れるようなことは、厳に戒めるよう言っておかねばなるまい」

「彼らはその道の専門家です。心配には及びません。それと……」

と、吉継が口ごもった時、馬之介は直ぐ、

「お手前の分も含めて、とりあえずこれでどうだろう」

と、三両出した。

「有難いお心遣い。これから何かと、馬之介殿にお会いしなければならなくなります。よろしくお願いしますよ」

吉継は、金を懐に入れ、

「なんですな、残った二人のその後が気にかかりますな。まもなく事が起こるのでは？」

「二人の惨殺死体は、世間の耳を騒がせた。彼等は慌てて身を隠したに相違ない。亡くなった二人のようにはいくまい」

しばらくして、行きつけの弘庵で、同心滝川吉継が使っている目明しの三次と会うことになった。初めて会う三次であるが、平凡な感じの男である。人の影を踏んで歩いているような男には見えない。吉継の口振りでは、大変間に合う、都合のいい手下であるということだ。

調べに入った松平出雲守の下屋敷の賭場について、三次は言う。

「松平様のお屋敷は、すごく広い。屋敷は、御当主利保公に関わる娘の旦那が差配しているようです。火消しや庭師や中間《ちゅうげん》用の別棟があり、賭場がありました。この部屋へ裏木戸から入りました。何のお咎めもありませんでした。

胴元は倉安の七郎と言って、歳の頃三十半ば、上半身裸で壺を振る徹は三十近く、両肩から桜の入れ墨が手首まで彫り込んでありました。

倉安の七郎は、口数が少なく陰気な男でした。噂によれば七郎には最近まで女がおったということです。

出入りの男は、いいとこの旦那衆に意外と多い侍衆、あっしのような者は、博打にのめりこんだ小店の紋太郎ぐらい。

月初めに、背の高い眼光鋭い侍に連れられて、頭巾姿の立派な身なりの侍が賭場に来ました。入ってきた二人は、倉安の七郎を挟んで、ごそごそと話をしていましたが、やがて七郎は、銭箱を空けて、小袋を取り出し、頭巾の侍に渡しました。

立ち去る二人を見て、頭巾姿の男の左手の手首が失われているのを見ました。これには、ドキッとしました。気になる人物でしたので、周りの者にそれとなく聞いてみました。誰も詳しくは知りませんでした。加藤大蔵少輔家の弟君ではないかということでした。

倉安の七郎や壺振りの徹の出入りの店は、下谷山伏町にあるまんぷくです。ここは下屋敷の門前に当たります。彼らは昼飯時に頻繁に、ここに出入りしています」

早速吉継は、三次と角を下屋敷の賭場に見張りにつけた。馬之介を連れて、飯屋まんぷくの亭主と女房にわたりをつけ、馬之介は応分の金をまんぷくの亭主に握らせた。二人は裏口からまんぷくの二階の小部屋に案内され、ここで日中の幾日かを過ごすことになる。酒を飲み、囲碁を楽しみながら、三次や角からの連絡を待った。

角からの知らせは、長くは待たなかった。

二日目の午の刻（正午）を過ぎて間もなく、裏口から入ってきた角から、倉安の七郎がまんぷくに入ったと知らされた。

吉継と馬之介は、裏口から二階を下りると、別々にまんぷくの入り口へ向かった。馬之介は入り口の前の席に座り、吉継は暖簾下で、三次に教えられた七郎の方へ向かう。

ちらほらと客がいる中を、静かに七郎に近づいた吉継は、七郎の前に来ると、十手を食台に置いた。七郎はジロリと吉継を見上げた。吉継は斜めに視線を下げ、にやりと微笑んで、顎を階段に向けてしゃくった。日頃の吉継には見られないどすの利いた態度であった。七郎はすっと立ち上がって、逃げようと入り口に向けて、視線を走らせる。馬之介が大刀を片手に立ち上がったのは同時であった。

七郎はゆっくりと腰を下ろした。再び吉継は顎をしゃくった。表情には有無を言わせぬ威圧感があった。

吉継は先に立って、静かに階段を登り出した。七郎は吉継に従うように階段を登った。

飯屋の中は何事もなかったように静かであった。

部屋の入り口まで来ると、突然七郎は、荒々しく向きを変えて、階段へ向かって飛び出し、後から来る馬之介を突き倒して逃げようとした。馬之介は厳しい鉄扇の一撃を、彼の額《ひたい》に打ち込んだ。七郎はしびれるようにその場にへたり込んだ。吉継は七郎の首根っこの着物の襟を摑むと、ずるずると引きずって、七郎を部屋の中へ引きずりこんだ。七郎は丸くなって吉継に引っ張り込まれた。

七郎を座りなおさせると、二人は対峙した。何年も胴元として、この道を歩んできた七郎も、吉継や馬之介の鮮やかな手口に恐怖を感じている。底光りした眼光や、薄暗い表情に力がない。打たれた額に手をやりながら、

「てめえは下っ端。何を聞いても役に立ちませんぜ」

吉継は、十手で軽く七郎の袖を叩きながら、

「役に立つかどうかはこっちが決めること。七郎、お前は御法度に背いて暮らしを立てている。拙者の口利きで、お前のことはどうとでもなる」

「旦那、脅しですか」

「事と次第によっては、本気だ。倉安の七郎さんよ。拙者は煮ても焼いても食いはせぬ。お前次第だ」

「どうすりゃあいいんです？」

吉継は馬之介を見て、同意を求めるように、

「簡単なこと。二、三拙者の言うことに答えてもらえばいいんだ」

「間違えねえんですね」

「嘘はつかぬ」

馬之介は、小柄《こづか》を抜いて、七郎の目につきやすいように、静かに脇へ置き、

「いささかもおかしいと分かったときは、指の二、三本も貰おうではないか」

似合わぬどすを利かせ、渾身の威力を込めてじろりと七郎を睨む。

七郎は吉継を見て、意を決するように、

「で、なんです」

「では聞くが、賭場の勧進元は誰か」

「あっしですが」

「てめえじゃあない。持ち主だよ!」

吉継は目を剝《む》いた。馬之介は小柄を畳に突き刺す。

「持ち主と言えば、下屋敷の旦那です」

「それ見よ。手間をとらすな。出入りのお偉方があるだろう」

三次の台詞にあった頭巾をかぶった侍が頭にある。カマをかけた。

「えーと」

「月初めに来た、頭巾の男はどうなんだ!」

「参ったなあ。知ってんですか。なら聞くに及ばない」

「どこの誰だ！」

「あっしも詳しく知らねえですが、なんでも加藤大蔵少輔家の御当主さんのようで」

「じゃあその男は、この屋敷の当主とは昵懇の間柄だ。他に仲間はどうなんだ」

この時馬之介が口を挟む。

「連れは、吉井玄蔵、怖い顔をした男だ」

七郎はここまで知っているのかと驚く。七郎の不安げな表情を見透かすように、吉継が、

「女はどうした」

七郎の表情に動揺が走る。

「女？　止めてくださいよ。女のことなんかどうでもいいじゃないですか」

「これは是非とも聞いておかねばならぬ」

「一体どこの女です？」

「しらばっくれるな。貴様の胸に手を当ててよーく考えてみよ」

馬之介が、あてずっぽうに、

「七郎どんよ。最近元気がないそうじゃないか」

吉継が追い打ちをかけて、

「逃げられたんか」

「いえね、連れていかれたんです。考えるだけでもいまいましい。あの野郎！」

「あの野郎って、誰だい」

「手が早い野郎でね。しばらく前に雇われて、当家へ来た下種な野郎でね、あっしがなんだか変だと感づいた時には、もう連れていかれちゃった後なんだ。探し出したら生かしちゃおかねえ」

馬之介は七郎に尋ねる。

「どんな男だった？」

「ちんけな野郎で、何でも内藤新宿の旅籠で女どもの世話を焼いていたらしい」

「そうか。七郎言いにくいことをよく言ってくれた。お前の気持ちはよく分かる」

ここまでくると、馬之介には連れ出した男が、高岡慎太郎と同人物だと想像できる。偽名はどうも彼の十八番だ。

「ほかに最近変わったことはなかったか？」

「そおーねー、最近変わったことと言えば、下種な野郎と同じころ、当家に厄介になった、矢田部十兵衛という侍が、ぷっつりと姿を見せぬようになったことかしらん」

「どんな男か？」

「もてそうな感じのいい男でしたね。腕はすごくたつという評判でした。毎日暇さえあれば賭場に来ていました。顔を出さないので、不思議に思って、女中に矢田部様はどうしたと聞いても、首を振って全く知らぬと言う」

「そうか、気になる男だ」

「あっしもそう思いますね」

「七郎ご苦労であった。馬之介殿ほかに何か？」

「矢田部なにがしは、拙者も気になるところ。これからですな」

「よーし。七郎、今日のことはなかったことにしよう、しかし何か起こったら別だ。このことを忘れるな。松平出雲守様の賭場での揉め事は何でも知らせよ。もう行ってよいぞ」

腰をかがめて出ていく七郎の後ろ姿を見ながら、馬之介は、ふっと、さ・や・へ・だのやは、矢田部の「や」ではないかと理解する。それにしても、すべての疑念が、松平出雲守の下屋敷や加藤少輔家に関わってくるのは何故だろう。

馬之介は、

「吉継殿、もう少し続けて、賭場の内情を押さえるのは必要かと思うが？」

「当然でしょう。三次をここへ呼びましょう」

現れた三次に向かって吉継は、

「三次ご苦労であった。大変収穫があった。馬之介殿もいたく感心しておられる。今後もしばらくはこのまま、賭場に出入りして続けて欲しい」

「吉継殿、そう言っていただけると、この三次、目明し冥利につきます」

満足げな三次に向かって、馬之介は、

「三次とやら、お手前の働き感謝しますよ。今後のためにも、身元が割れないようにくれぐれも気を付けて欲しい」

と言って、二朱握らせた。

三

目明しの三次は、その晩賭場の空気がおかしいのを感じた。なんとなくざわざわして落ち着きがないのだ。そんな中、吉井玄蔵がのっそりと賭場に入ってきた。彼は入ってくるなり、立ち止まって、ゆっくりと場内を見渡した。無言の威圧である。場内は自然と静かになった。

胴元の七郎が、立ち上がって玄蔵に近づき頭を下げる。玄蔵はその場に七郎を座らせ、自分は胡坐をかいて、七郎の前に座った。彼は大刀を七郎の左肩に置き、ぐっと押さえつけた。七郎は半身になるがぐっとこらえた。恐怖の顔である。三次は下を向きながら、横目でそれを見ている。

玄蔵はぼそぼそと七郎に語り掛けた。ざわつく場内。三次には聞こえない。再度刀を押し付け、おびえた七郎を確かめると、玄蔵は立ち上がり、出て行った。七郎の顔にほっとした雰囲気が流れた。

しばらくして、胴元の七郎が立ち上がり、

「失礼ながら、皆の衆に申し上げる。この賭場は明日からしばらく閉じることにする。お上の手も、なかなかまやかしが利かなくなった。ここでのことは一切内密にして欲しい。でないとお手前方の首も危ない」

誰かが、

「一体どうしたんです。何があったんだ」

「一切内密だ。さあ今日のところはおしまいだ。しまいにしますぞ!」

裏木戸から出た三次は、馴染み客の一人に声をかけた。

「何かあったんですかねえ？」

「あったんじゃあないですか。さっきの話じゃないけど、これ内緒ですよ。昨日の晩のこと、私の耳に入ったことだけど」

「どんなこと？」

「言ってみればどうということはないと思いますよ。昨夜亥《い》の刻（十時）過ぎ、犬がけたたましく、キャンキャン鳴きまして、いっとき邸内がざわつき、その後半刻もしないうちに静かになりましたがね。夜陰を貫くと言いますが、犬の鳴き声はすごかったですねえ」

商売柄、三次には夜中の犬の鳴き声、邸内のざわめきは見逃せない。聞き捨てにならない。胴元の倉安の七郎から理由を引き出すのが一番である。しかし三次には、七郎が死を賭けた脅しを玄蔵から受けているのを知っている。口を割るわけがない。


三次は、朝から山伏町の茶店に腰かけて、松平出雲守の下屋敷から出て来る女を待ち構えた。風呂敷包みを小脇に抱えた女中を捕まえるのに、時間はかからなかった。

彼は女の後をつけた。女は最初に山伏町の古着屋へ入り、すぐに店を出た。この間、間がない。三次は何をしに行ったのかと訝《いぶか》る。女は山伏町から出て、白泉寺の前を通って、幡随院の下から、下谷山崎丁に出た。ここでも古着屋へ入った。

今度の古着屋は長くかかった。三次は十手をもてあそびながら、女が出て来るのを待った。

出て来た女は手ぶらであった。女はそのまま来た道を帰ると思いきや、左に折れて近藤縫殿助の邸宅の前を通って、武家屋敷街へ出る。とある武家屋敷の前で立ち止まると、格子戸を開けて中へ入った。女の仕草は手慣れている。ついてきた三次が格子戸の前に立って、表札を探すがない。ひとの動く気配がして、三次は身を隠した。

出て来た女は恭しく頭を下げ、帰りの挨拶。見送りに出た男の顔が垣間見えた。吉井玄蔵であった。

女は下谷山崎丁を通ると、真っすぐ武家屋敷を通って、下屋敷への道を進むようである。三次はどこかで、女を捕まえねばならぬ。人知れず静かな場所は近くの幡随院しかない。彼は下谷山崎丁と武家屋敷が向かい合う角で、女を止めた。十手をちらつかせながら、

「おねえさんよ。ちょっと顔を貸してもらえんかね」

女は、足を止め、三次を見、恐怖におびえた表情である。度を越した驚きに三次は、密かにほくそ笑む。何か聞かれて悪いことでもあるのか、

「私が何か悪いことでもしたの？」

「娘さんよ。そんなにびくつくことはありませんや。ほんのちょっとの間でようござんすよ。ここではなんですから」

と言って、幡随院の物陰に誘う。

「ほんのわずかな間ですよ。話を聞いたからと言ってなーんもしませんよ。安心して、聞くことに答えてくれりゃー、それで結構ですよ。……それで、今日は何か？」

三次は、にこやかで、穏やかである。

「ただ古着屋へ行っただけですよ」

「そうですか。ただ古着屋へ？」

「頼まれ物の修理のお願いに行っただけですよ」

「それはそれはご苦労さん」

三次は軽く同調する。うるさい問いかけでもあればと、女の不安な気持ちを和らげる。

「で、名前、住まいは？」

「春と言います。住まいは、松平出雲守様の下屋敷です」

女は胸を張る。この辺り一番の屋敷である。

「松平様の下屋敷ですか。それはいいことを聞かせてもらった。実は一昨日のことなんだが、亥の刻過ぎ夜回りで、下屋敷前を通りかかったところ、けたたましい犬の鳴き声と、荒々しい人の声、何事かと立ち止まって聞いたんだが、なにせ広いお屋敷、何があったかわかりませんでしたな。それでここんところを、ちょいと聞かせて欲しいんでね。正直に聞かせてもらえばどうということはありませんよ。一体何があったんです」

「犬の鳴き声に目が覚めて、寝間着のまま見に行ったんです。暗いし、屋敷の隅でしたので、良く見えませんでした」

「見に行って見なかった？　それきり？」

三次の表情が急変する。日頃の穏やかさや人懐っこさは、顔面から消える。

「そんなことはないだろう。夜中に何か異変が起こっている。よく見えんのでそのままやり過ごす。嘘をつくな！」

十手をかざしながら、女の下顎を、摑むと突き上げ、鼻先へ顔を近づけ、息を吹きかけ睨みつけた。

首をすくめた女の目に、恐怖が走った。小さな声で、

「犬が土を掘り起こしていたんです」

「それで?」

「それだけです」

「それだけ? しらばっくれるな。じっと見てたんだろう。どうだったんだ」

女は押し黙ってしまった。現場の恐怖が蘇ったのか口ごもりながら、

「月明かりの中で、血まみれの男の死体が出てきました」

三次は事の重大さにドキッとする。ひと息大きく吸い込むと、やおら、

「それは誰だ」

鋭く、言った。

「私には分かりませんでした」

「本当か!」

顔を近づけ、眼をむいた。

「本当です。嘘はついていません」

じっと女の表情を窺った三次は、

「……信じよう。よくぞ聞かせてくれた。お女中、後々のことは心配するな。何もなかったことにしておいてやろう」

幾分気楽になったのか女は、

「……けど旦那」

「なんだい?」

「次の朝、死んでいたのは誰か、ひそひそ話のもちきりで、誰かが『あれは毎日のように来ていた矢田部様ではないか』と言っていました」

三次は女から重大な話を、聞き込んだ。吉継に早速知らせねばと走った。吉継は、急いでこのことを馬之介に伝えた。


話を聞いた馬之介は、密かに喜んだ。矢田部という名を聞いて、それが「さ・や・へ・だ」の「や」に違いない、これは本名だろうと推察した。これで金地院の侍、音羽町の長屋の大恩地長矩、松平出雲守の下屋敷の矢田部十兵衛の三人が死体となって見つかった。残る「さ・へ」のいずれかが、高岡慎太郎である。残るは金地院の侍の名前だけで、時間の問題である。しかし馬之介の表情はさえない。

吉継が、

「馬之介殿、如何いたした?」

「……」

「ここまで来たら、奉行所の力を使って、彼らの企みを明らかにしようじゃあないですか」

馬之介は重い口を開いた。

「吉継殿もよく承知であろう。加藤大蔵少輔家も松平出雲守家も大名家である。加藤家はともかく、松平家は松平の名を持つ大大名である。町方の手では、簡単には事が運ぶまい」

「それでは見過ごせということですか」

「そうは言っていない」

「我慢できませんな。人が何人も死んだ大事件、ここで折れてしまってどうするのです。とにかく拙者はできることはやってみます」

「拙者も諦めたわけじゃない」

馬之介は父大槻登志蔵の政治力に頼った。しかし、松平出雲守の名を聞いた途端、駄目だ、難しいという返事が返ってきた。

吉継は上司の与力に、事の成り行きを説明し、下屋敷の手入れを要請した。

与力は、重い腰を上げ、南町奉行に掛け合ってくれた。奉行は、事件の背後に大名家とはいえ、不埒な輩の介在を嗅ぎ取った。彼は老中太田備後守に今までのいきさつを話した。奉行の不埒な輩の介在についての語り口は、老中の心にひっかかった。彼は仕事柄、看過できまいと考えた。

松平出雲守利保は、西丸下にある老中の上屋敷で、老中を待っている。静かな午後のことである。開け放たれた大広間から、綺麗に刈り込まれた庭木や錦鯉が泳ぐ池が見える。利保は老中に呼ばれた理由が分からない。待ち時間が長い。少々不安である。

現れた老中は軽装である。利保はやや安心する。座に着くと老中は、

「松平利保殿、よくお越しくださった」

松平利保は加賀（前田）百万石の一党である。松平の姓は徳川家の血筋を引く。実高十四万石を越す大名であるが、老中には頭が上がらない。低頭平身で、

「老中殿にはご健勝のご様子、利保恐悦至極に存じます」

「利保殿、そうかしこまらなくともよい。ちと尋ねたいことがあるのだが……」

「どのようなことで？　なんなりと」

「利保殿、お手前の下屋敷は何処にあったかのう」

「浅草幡随院後でございますが、何か？」

利保に胸騒ぎが起こる。最近下屋敷に行っていない。

「さようか、していずれが差配しておる」

「妹の夫が、取り仕切っておりますが……」

「妹の夫が下屋敷を差配とは、何か事情でも？」

「ええ、いろいろとありまして……」

利保は気乗りがしないが話す。妹おとめというのは、兄の妾腹の子であり、妹ということにして、我が家であずかった。名前は言えないが、名だたる旗本の所へ、嫁に出したところ、折り合いが悪く出戻りとなった。そこで大坂の松平家の蔵屋敷に預けた。ここでさる大名家の堂島の蔵番と親しくなって結ばれた。それで江戸へ帰し、家中の者と協議を重ね、妹の婿養子として、松平家の名を名乗らせて、下屋敷の差配をさせている。

話を興味深く聞いていた老中は、

「利保殿も妹御については苦労されたようだ。下屋敷の主、何と言ったかのう。一度会ってみたいものじゃ」

利保はやや声高に、

「名前は松平利兼と言いますが、老中殿がわざわざお会いになるほどの男ではありません」

老中には、利保の断りの語気が気になる。奉行からの話に鑑み、やはり何かあるのではないか。利保は妹の夫を人にあまり会わせたくない。松平家を名乗るには、品がない。目の動きに獲物を狙う獣の抜け目なさがある。額が狭く鷹揚でゆったりした雰囲気がない。おとめと並んだ時貧弱である。

「利保殿、ご多用のところご苦労であった。まつりごとを任せられる拙者にとっても、このところ世上決して安寧だとは思われない。身辺気を付けないと、……妙なところで大変な噂もたちかねない。屋敷内の庭に異臭がするとか……修身斉家治国平天下と言うではないか、貴公も十分心がけるが肝要かな。いやいや利保殿には、いらざることかもしれん」

「有難いお言葉（可笑しなことを申される？）、利保心して日々勤めに邁進する覚悟でございます」

頭を下げ言上する利保の胸中は、穏やかではない。彼の知らぬところで、下屋敷で何かあったに違いない。

上屋敷に帰ると利保は、下屋敷に出入りする家来を呼んだ。

「近頃、下屋敷で何か騒動はなかったか」

「しかと確かめたのではございませんが、庭で男の死体が見つかったという噂があります」

利保はこれを聞いて、老中の暗示的な言い回しに合点がいった。

彼は馬を駆って、幡随院後の下屋敷へ直行した。

一方、老中は目付を呼び、松平出雲守の下屋敷の庭で、変死体が見つかったとの噂がある、探索せよと命じた。

下屋敷の玄関に立った松平利保は、

「利兼はおるか！」

大声で声をかけた。出て来た利兼は赤ら顔である。昼間から酒を飲んでいる。

「殿、お久しぶり。ひどくお取り込みのご様子、なにか？」

「寄らせてもらうぞ」

利保はずかずかとかって知った客間に入った。上座に座って利兼に、

「そこに座れ！」

利兼を見据えると、しばし無言。それから息急き切ったように、

「利兼！　まさかと思うが、人に後ろ指を指されるようなことはしておるまいな！」

利兼の顔に動揺が走る。しかし、気合を入れて、

「左様なことは決してございません」

「確かか！」

「天地神明に誓って！」

「安心して良いな」

「義兄上《あにうえ》を困らせるようなことは、決していたしておりません」

利保は胸中の疑問を正さなければならない。

「利兼、下屋敷に来るのも久しぶり、一度中を見させてもらうぞ」

にわかに家中が慌ただしくなった。利兼は、お付きの女中を屋敷内に走らせる。妹のおとめが心配げに顔を出す。

荒々しく片付けられた庭内を、利保は見て回る。

利保には、屋敷内の佇まいが気に入らない。調度品などなんとなく納まっているのだが、

生け花の造作を見ても、細かな心遣いがない。雑駁なのだ。妹の身だしなみに締まりがない。蜘蛛の巣のはる台所を見て、大部屋に入ると、二人の侍が、平伏して待っていたが、部屋の掃除ができていない。

後ろについて回る利兼を利保は苦渋の思いで見、先行きを考える。

「外回りも見るぞ」

屋敷の東側は広い雑木林。矢場・道場・馬場と見て回り、規模の壮大さに改めて驚き、いま少し何とかならぬかと思う。

利保は二棟の長屋を外から眺める。人の気配を感じる。賭場のある離れに向かう。人の気がない。中を見回し、そろそろ賭場の年貢の納め時かと密かに思う。

西側一帯は、正面の通路を挟んで広い庭。池を中心にした自慢の庭である。ここへきて利保の足どりが緩くなった。松・楓・さつき・山茶花などに顔を近づけて、眺めている。利兼はいらいらする。

築山がなだらかに下って、池の東端に接したところが、利兼の神経の集中する危険個所だ。ここを見逃してくれの強い願いがある。矢田部十兵衛の死体を埋めた場所だからだ。

ひとしきり庭木を眺めた後で、利保は邸内を一望すると、何を思ったのかやや足早に、利兼が心配するその場所へ近づいた。そこには明らかに最近土を動かした形跡がある。見つかってしまったかと冷や汗が出る。利保は立ち止まって、上から眺めている。腰を下ろして、間近に見れば、土の中に血のりが残っているのが分かるはずだ。利保は腰を下ろさなかった。しかし、眺めている時間は長めであった。

利保がぽつりと言った。

「戻ろうか」

「いかがでした?」

「……」

利保は無言であった。部屋に戻ると、利兼夫婦を前にして、

「久しぶりに下屋敷を見せてもらった」

利兼は、部屋へ戻る前の利保の無言が気にかかった。再び、

「如何でございましたか」

「どうもこうもない。おとめ、利兼、日頃の気構えが肝心だ。お手前方の気配りが、どこにも感じられん。下屋敷で事を起こし、本家に迷惑がかかるようなことはあってはならぬ。身辺は常に綺麗にしておくべきだ。帰るぞ!」

席を立って玄関へ、見送りに来る利兼夫婦に、

「いざという時の覚悟はできているな」

と強く言った。

利兼の血の気が引いた。利保は何処からか、屋敷内での異変を知らされ、急遽馬を飛ばして、飛び込んできたに違いない。利保の眼は節穴ではない。現場を上から見ていたが、人が殺されその遺体が、ここに埋められていた事実を摑んだに相違ない。いずれにしろ夜陰のことで時間がなかった。とりあえずの処理が悔やまれる。

利保の言葉に、利兼は衝撃を受け、早急に手を打たなければと心がはやる。

中間を呼んで、密かに加藤大蔵少輔家の堂安への伝言を与えた。

四

陽が落ち、邸内に人影がなくなった。夜のしじまから頭巾に顔を隠した男が現れた。彼は利兼と座って対峙しても、頭巾を被ったままであった。

そもそも二人のなれそめは一昨年の梅雨時の出会いである。小雨降るぬかるんだ日であった。

下屋敷から、海禅寺の法要に向かう利兼の駕籠は、柏原を過ぎたところで、◎家紋の駕籠に出っくわした。道は狭い。双方供を連れた一団であり、お互いに大名である。道を譲らず対峙したまま。しばらくすると、駕籠の戸を叩く音がして、

「殿、申し訳ありませんが、駕籠から出てくだされ」

「何か不都合でも？」

供の者では片付かないらしい。

駕籠から出てみると、派手な装いの頭巾姿の男が立っていた。相手の主だ。男の肩には、供の差出す傘から、雨滴がかかっている。左手の手首がなく、淡い黒色の袋が巻き付けてある。利兼は男に近づくと、

「拙者は松平の下屋敷の主、松平利兼と申す。ご不満であろうが、道をお譲りくだされ」

と頭を下げる。

「下屋敷の松平殿と伺い失礼申した。拙者は加藤大蔵少輔家の堂安と申す者、当方道をお譲りすることに、やぶさかでない。おい！　松方お通しせよ」

松方は供の者に命じ、縦並びになって道を開ける。利兼は堂安に、

「申し訳ござらぬ」

堂安は何事もなかったように、

「なーに、気をお使いなさるな」

利兼はこの時、頭巾を被り、細い眼と手首のないうすら寒い男のもつ、ものにこだわらぬ変わり身の速さや独特な妖気と魔性、とりわけ豪胆な雰囲気に感銘した。抜け目のない利兼はこの男は使えると思った。駕籠での一件以来、利兼は男を取り込んだ。


利兼の伝言を受け、堂安は夜遅くやってきた。利兼は黒子であることを誓い、二人でいることを知られることを好まない。

現れた堂安に、

「夜分遅く恐縮でござる」

「して何事か？」

堂安は低い声で話し、頭巾を口まで覆い、言葉がよく聞き取れない。額を突き合わせて話すことになる。

「実は死んだ矢田部十兵衛の遺体が、邸内にあったことが、ばれてしまったようだ」

「如何してばれたのか」

「犬が遺体を掘り返したのだ」

「もう処理はすんでいると思うが、遺体は何処にあったのか」

「築山の下、池の東外れだ」

「どうしてそんなところに。雑木林の中だってあったろう」

「切り合った玄蔵の言うには、十兵衛は腕が立つ。隙を見せない。やむなく勝負は築山の端ということになった。夜陰とはいえ、遺体を雑木林まで運んでいくのは無理だった」

「誰にばれたというのか？」

「上屋敷のご当主だよ」

「それは合点がいきかねる。ご当主殿は如何様にそれを知ったのか？」

「噂だよ。人の口には戸を立てられぬ」

「ご当主の様子は如何であった」

「馬で飛んできた。邸内を見たいと言った。庭に当たりをつけて来たようで、現場を確認した」

「大丈夫かな。もうお上の上の方まで伝わっている感じだ。目付の手が入りそうだ」

「まずいことになった。堂安殿、これからの方途は？」

ここまでくると、利兼の知恵は堂安に及ばない。

「遅ればせながら、まずは箝口令を敷くこと。それから跡かたもなく屋敷中を綺麗さっぱりとすること、最後は、仮に目付の取り調べがある時は、徳川家に連なる加賀百万石の松平家を後ろ盾にすることだろう」

「何とか事を小さく納めたい。でないと、あの事まで行ってしまう。万事休すだ」

「十兵衛一人の死にとどまらず、芋づる式にやがては、わが身に降りかかってくる」

「残る一人も早急に片付け、すべて闇に葬ってしまわねば……だが、厄介なことになった」

「残る一人は、あの腰の落ち着かぬ男だ」

「どこに消えたのか。あ奴は！」

「人の集め方に手抜きがあったのでは」

「言われてみればその感じはしないでもない。今にして思えばとんでもない代物だった」

「ところで吉井玄蔵には、身辺に気を付けるように言っておこう」

二人は今後について、確認し合うと、この夜を納めた。

堂安の助言を受けて、屋敷内外は見違えるようにさっぱりとして綺麗になった。遅すぎた感はあったが、屋敷内の者は当然のこと、出入りの関係者へも厳重な箝口令を敷いた。

目付は下屋敷へ、手下二名を連れ、馬でやってきた。邸内に入った目付は、手入れの行き届いた庭を見て、調べの難しさを感じた。

彼は利兼と向き合うと、

「拙者は、ご老中の命により、松平利保公の下屋敷の探索に参った目付樽橋高名である」

利兼は平伏して、

「それはご足労、恐縮至極です。して、探索の用向きとは？」

利兼は、顔を上げ、下から目線を睨むように上げた。目付は利兼の目線の強さにムッとするが、

「松平殿の下屋敷の庭で、惨殺死体が見つかったとの風評がある。老中の見解は座視することはできぬのである」

「はて、異なことを申される。当家においてはそのようなことは、一切ござらぬ。誠に迷惑千万である」

「利兼殿の申すことは、分からんでもないが、火のない所に煙は立たぬと言う。ひとが一

人死んでいるのを見たという大事を、誰が口から出まかせを言う」

　利兼は、口を真一文字に締め、

「当家を貶《おとし》めるための陰謀だ」

「拙者がここに参っているのは、確かな筋からの報告を受けてのことだ」

「ならば何処で死体が見つかったのか、お教え願いたい」

「邸内の庭だ」

「先ほど申し上げた通り、当屋敷には一切やましいところはござらん。ご自由にお調べくだされ」

　綺麗に片付けられた庭には何もない。利兼は自信に満ちた横柄さで目付に言う。

「では調べさせてもらおう」

とは言ったものの、目付には、綺麗に片付けられた庭を見て、諦めの気持ちもある。しかし、克明に調べてみるべきで、何らかの手掛かりが、見つかるかもしれないという一縷の望みにかける。どんな些細なことでも見のがすなと部下に命じ、場所を三人で割り振り、自らも先頭に立って、庭の中を細かに突っつきまわす。ひとしきり調べると場所を替え、再び調べる。さらにもう一度場所替えを行って調べる。目付の執拗さに、傲然と胸を張っていた利兼の目に不安が宿る。

しばらく探索が進んだ後で、

「ご苦労であった。終わりにしようか」

と、腰を伸ばした目付は言ったものの、このままでは帰れない。

「念には念を入れということもある。最後に隅っこに注意して、も一度さらえてみよう」

目付と部下は最後の詰めに入る。

「目付殿！　こんな物が見つかりましたぞ！」

と部下が飛んできた。見てみると、泥にまみれた小さな布の切れ端であった。彼は池端に降りて、それを水でごしごし洗った。三角の布で各辺一寸ほどの長さ。淡い紫色、目付はまぢかに目を据えて、いじりながら観察する。

『これは着物の切れ端だ。どこの部分であろうか』

と呟き、懐紙に包んで懐にしまった。

屋敷内に戻ると、邸内の人物を大広間に集め、並んで座らせる。火消し・庭師・中間・女中・下屋敷詰の侍等、都合二十名あまり。少し離れたところに利兼夫婦、彼らを前にして目付の樽橋高名は、

「当下屋敷庭内で血塗られた死体が見つかったという噂を聞き、役儀により真偽のほどを確かめに参った。これは老中の御下命である。ご多用のところお手間はかけさせない。お聞きすることに対して、正直にお答え願いたい」

と口上を述べ、

「ではお聞きする。先ほどの話、見たり聞いたりした者、この中にござらぬか。あれば申し出て欲しい」

目付は返答を待って、左端の火消し職人から右端の侍まで、ゆっくりと視線を走らす。居並んだ連中は目付の視線が、己の顔面を通過するのを意識する。重苦しい空気が流れる。

利兼はあれほどきつく箝口令を敷いたので、大丈夫とたかをくくっているが、内心穏やかでない。目付はひときわ不自然な対応をする女中一名を認め、さらに懐から懐紙に包んだ端切れを取り出し、

「小さいこの端切れ、庭内から見つかったものである。着物のどこかの部分であると思われるが、誰か心当たりの者はござらぬか」

再び視線で居並ぶ連中を追う。この時も同じ女中がかすかに反応を示し、目付の視線を外す。この反応から目付は、揺るがぬ証人がここにいると確信する。この女中は、過日目

明しの三次が尋問した女であった。目付が手下を近寄せ、件《くだん》の女中について、家来に指示を与えているとき、利兼がすっと立った。

「目付殿、ご貴殿の問いかけに対して、ここに居合わす当家の者全員が、無言であったのは、答えが否であったと受け止め申した。問いかけはこれまでにしていただきたい」

目付は、さらなる問いかけをすることなく、静かにうなずいた。居並んだ連中に安堵の吐息が漏れる。

利兼は一段と声を高めて、

「我が松平家は二代将軍秀忠公のご息女を御台所とする、家康公に最も近い家柄であり、家名を汚すことがあってはならぬと、一族堅く覚悟してまいった。取り調べの手が入ったとあらば、わが松平家にとって、途方もない恥辱であり、将軍家へお詫びの申しようもござらん。しかし今回はご老中直々の御下命とあり、やむなくお受け申した。本日ここに、目付殿の御疑念が晴れたと確信いたす。今後については十分にご賢察あれと申し述べたい」

目付が特に利兼の言葉に、異議を唱えなかったのには理由があった。彼は全員への問いかけで、一人の女中の態度から、間違いなく血塗られた死体が、庭内にあったと想定できたからである。

それにしても目付にとって腹立しかったのは、徳川家を笠に、横柄な利兼の態度であった。さらに目付は利兼がいら立ち紛れに事件を否定したのは、利兼が悪事に関わっているに違いないと感じたからである。

老中宅で目付は、下屋敷の調べについて報告した。話を聞いて老中は、松平出雲守の下屋敷で人殺しの犯罪があったと認定した。これからのことを考えながら、

「ご苦労であった。これからさらに内密に調べを進めねばなるまい。貴殿が気にする松平利兼であるが、拙者の聞いたところによれば、元は堂島の蔵屋敷で働く者であったようだ。奥方というのが、松平利保公の兄の妾腹の娘で、ゆえあって大坂の松平藩の蔵屋敷に預けられていた。ここで二人は知り合い、結ばれて江戸へ帰った。藩内での協議の上、相手の男を娘の婿養子として松平利兼と名乗らせ、下屋敷を差配させることになった。下屋敷の主はざっとこんな感じである。どうも拙者にとって、この松平利兼というのが、気に入らん。素性がはっきりしない。大坂での暮らしはどのようなものであったか、調べねばならぬ。さらに庭から出て来た端切れについても、調べを進めなければなるまい。頼むぞ」

目付は、緊急継飛脚で、大坂東町奉行宛に、松平利兼の大坂時代の素行について、知ら

せて欲しいと依頼し、江戸の奉行に対しては、これまでの調査の結果を報告し、松平家の下屋敷の件について、さらなる調査を依頼した。

この日は澄み切った青空のもと、遠くの山並みの稜線が、くっきりと見える爽快な日であった。馬之介は八丁堀同心滝川吉継の訪問を受ける。吉継は、目明しの三次を連れていた。吉継は馬之介を前にして、

「馬之介殿、過日の矢田部十兵衛の死体発見以来、調べは上役の動くところとなり、三次が追及した下屋敷の女中お春が、深く関わっていることが判明しました。ついては、お春の行動を確かめろとのお達しです。どうでしょう。本日三次の手引きで、三次が供述を得たお春の言動を追ってみたいと思います。ご同道願いたいのですが……」

「吉継殿、異論などあろうはずがない。拙者とて、事の成り行きについて、いたく気になっているところ。喜んで同道つかまつろう」

「ありがたいことです。それで……奉行よりこんなものを預かってきました。ご覧になります?」

吉継が、見せたのは、丁寧に懐紙に包んだ、例の布切れであった。馬之介には、ただの

薄汚れた布切れ、よく見てみるが、怪訝な顔で吉継に返す。

三人は連れ立って、松平出雲守の下屋敷の門前から、山伏町に出る。三次が、

「お春が入った最初の店が、この古着屋です」

馬之介と吉継は、三次の後について店に入る。

「邪魔してごめんよ」

連れ立った三人を見て、店の者が奥に入る。主が出てきて、

「なんでしょうか？」

「実はここにみえる八丁堀の旦那が、この前下屋敷の女中が、店に立ち寄ったことについて、知りたいことがあるとおっしゃるんで、聞かせてもらおうと思ってね」

三次が言うと、主は店の中を振り返って
「おーい、なか、お前なら分かる。お聞きしておくれ」

不安げに顔を出した女が、

「ええ、いらっしゃいました。けど直ぐ出ていかれましたが？」

「用向きは何であったか」

「破れた着物の繕いということでした」

吉継が、

「それですぐ帰ったというのは？」

「うちではそのようなことはやっていません。と言いましたところ、出て行きました」

三次が二人を見て、

「そういうことで」

馬之介が三次に、

「出て行ってそれからどうした？」

「女中は次の店に向かいました。ご案内いたしましょう」

三次は、店を出ると、白泉寺の前を通って、幡随院の下から下谷山崎丁に出る。当日のとおりの動きである。馬之介と吉継は三次の後をついていく。

「ここですよ」

三人は暖簾をくぐって、中に入る。三次は山伏町と同じ口上を述べる。出てきた女が、

「お聞きしたいことというのは？」

吉継が、

「ほかでもない。過日当店へ松平出雲守の下屋敷から、女中が参ったはず」

「そのお女中のことで何か？」

「さよう、手間はとらせない。迷惑をかけることもない。聞くことに素直に応えられよ」

吉継は上がり框《がまち》に腰を下ろす。馬之介、三次もこれに次ぐ。女は正座して吉継を見る。

「まず、女は何しに来たか」

「はい、男物の着物の繕いをして欲しいということでした」

「着物はどのようであったか」

「はい、鋭利な物で切られたかと思いますが、左の裾が一尺半ほど切れて、下に垂れ下がり、わずかに裾の一部につながっていました。もう少しで下に切れ落ちてしまいそうでした。それともう一か所」

「それは何処か」

「右の袂の端が切り取られていました」

「ひょっとしてこれに心当たりは？」

吉継は、預かってきた布切れを取り出し、女に見せた。女は手にした布切れを訝し気に見ていたが、

「多分これと同じじゃあないかなと思います。きっとそうだと思います」

これを聞くと、吉継は二人を見て、確信したようにうなずき、端切れを懐紙に包んで懐にしまった。馬之介が、

「繕いはすぐ終わったのか」

「二日後には、例の女中が取りに来ました」

「切り取られた袂の端はどうしたのか」

「場所が小さなものでしたから、なんとか目立たぬように作っておきました」

女への話が終わると、三人は満足げに店を出る。馬之介が、

「来てよかった。三次、礼を言うぞ。これで終わりか?」

「もう一軒ございます。最後にお春の行ったところへ参りましょう」

三次は、古着屋を出ると左にそれて、近藤縫殿助の邸宅前を通って、武家屋敷へ二人を導く。遠く透かすように一軒の屋敷を指さし、

「あの三軒目の家です」

馬之介と吉継は、居並ぶ屋敷の中に三軒目を捉える。近づくと、庭でもろ肌脱いで、真剣で打ち込みをする男がいた。トオーッ！　……トオーッ！と裂帛の気合が入った鋭い声が聞こえる。男が上段に構えた右手の手首から、上部にかけてのみみずばれがくっきりと

見える。『あの男だ。山伏町の飯屋、まんぷくで会った男だ！』

馬之介はこの男が、吉井玄蔵であることが分かった。玄蔵は通り過ぎる馬之介たちを認めると、打ち込みをやめ三人を見た。馬之介だけが立ち止まった。一瞬二人は視線を合わせる。眉毛が濃く、深く切れ込んだ眼窩が、馬之介の心を揺さぶった。

馬之介は矢田部十兵衛を殺《や》ったのは、この男であると確信した。玄蔵の着物の損傷から矢田部十兵衛が相当な使い手であることが分かる。おそらく深夜の池の端へ引っ張り出された十兵衛は、先手の一撃を食らったに違いない。不利な体勢から反撃に出て、危機一髪のところまで玄蔵を、追い詰めたに違いない。切られた着物の鋭い断面がそれを表している。

馬之介は玄蔵の視線を背に受けながら、何事もなかったように歩を進めて、仲間に加わる。

この日のお春の行動の確かめは、馬之介の疑問を解くカギとなったが、いずれは吉井玄蔵と一戦を交えなければならないと思う機会ともなった。

同心滝川吉継は、奉行から大坂東町奉行与力篠塚仁左衛門の書状を渡された。

……お尋ねの江戸松平出雲守下屋敷の当主、松平利兼殿の件でありますが、取り急ぎ、以下のようにご報告申し上げます。

現松平利兼殿は数年前までは、戸田吉金と称し、大坂堂島の米市場の蔵役人でした。

全国の藩米は、年数回（春、秋、冬）に分けて、大坂湾河口から小舟に積みかえられ、蔵屋敷の舟口を通って、屋敷内に運ばれます。そこでこの藩米に見合う米切手を発行して、仲買人へ売り、換金されます。これに関わる人物が蔵役人です。

米切手による取引では、米という現物が動きます。これに対して、実米は動かず相場を見ながら売買するのが、帳合《ちょうあい》米《まい》商いです。実際にはこの商いの方がはるかに多いのです。仲買人は、手に入れた米切手を堂島の米市場で売買します。この堂島の米相場の目安となるのは、筑前・肥後・備中・備後の四銘柄です。

この四銘柄の蔵米を取り扱う蔵役人は、別格な存在といえます。筑前米の中心であり、最も扱い量の多かった福岡藩の蔵役人である戸田吉金は、目端が利き胆力のある蔵役人として、役人仲間の上を行く存在でした。

蔵屋敷内には、蔵はもちろん、藩邸や長屋が連なり、蔵役人の出入り・飲食に事欠くことがなく、新町（遊郭）をも超える確かな仲間づくりの場となっていました。

大坂町奉行所は大坂堂島米市場を管轄する立場にあり、普段は仲買人から選ばれた年行事衆に任せていますが、重要問題については、大所高所から判断を下してきました。監視の目を緩めず、在庫以上に発行される米切手や市場の動向を注視してきました。なにしろ米市場では、何万・何十万両の金が動きます。これに万余の仲買人が群がって狂奔します。

奉行所は、大坂堂島米市場の藩米代金について、藩により二つの為替が組まれていることを薄々知っていました。一つは少額でありましたが、それぞれの藩には内情があろうかと、深入りすることもなかったのですが、この片方の為替は、つまるところ藩にとっての、裏金ではないか。特殊な仕事に使われる表沙汰にできない金ではないかと考えていました。

筑前福岡藩の蔵役人として、目端が利き胆力があり、仲間の上を行く戸田吉金は、藩米代金の動きに精通し、確かな知識を持っていたと考えられます。特に裏の為替については、内情に精通し、その動向を熟知していたと考えられます。

彼は福井藩の蔵役人とも親しい関係にあり、福井藩松平氏の蔵屋敷の藩邸に出入りしていました。この彼が、嫁入り先を追われて藩邸で暮らす松平家と関わる女、おとめと親しい間柄となったのは時間の問題であったと考えられます。

戸田吉金は三年前、おとめを連れ合いとして、江戸へ旅立ちました。

江戸町奉行にお伝えしたいことは、戸田吉金現松平利兼が、大坂堂島米市場の各藩の金の動きを知悉していることです。彼はこうした知識を胸に江戸へ行ったのです。

利兼が仕組んだ企みと、堂安の役割や、六月一日に高岡慎太郎が密書を入手したいきさつはどのようなものであったろうか。

五

松平利兼は、江戸へきて二年目の五月、加藤大蔵少輔家の堂安に会う。この日は雨で、海禅寺の法要の日でもあった。この時利兼はこれからの彼の仕事に堂安がぴったりな人物だと思った。

頭巾を被り、細い眼と手首がない男が持つ、独特な妖気と魔性が、利兼の心を摑んだのだ。彼は早速手下を使って、堂安の身辺を探らせた。

堂安は三十三歳、現当主の腹違いの弟、遠州育ち、江戸へ来るまで切った張ったの世界に生きていた。二十八歳の時やくざの出入りで、左の手首を失った。四年ほど前、江戸の上屋敷へ突然やってきた。歓迎する者はいなかったが、彼は家中の者を押さえ、居座ってしまった。普段何をしているかよく知る者はいなかったが、屋敷内で揉め事を起こしたことはなかった。

利兼は堂安の人物に満足した。

人っ子一人もいない深夜の屋敷の門前で、利兼は彼を待ち受けた。

利兼が遅くに堂安を招いたのは、大事な二人だけの話を人に知られたくなかったからである。

二人は門から玄関まで、かなりの距離を並んで歩いた。歩きながら利兼は堂安の一言を待っていた。しかし彼は無言であった。

部屋に入って対坐すると利兼は、

「堂安殿、こんな刻に、おいでいただいて誠にかたじけない」

「拙者にとって、刻の早い遅いは、どうでもよい。お招きの訳を申されよ」

「堂安殿、拙者を覚えておられるか」

「海禅寺の手前でお会いした。雨の降る日であった」

「ありがたい。お見知りおきであったとは、話を進め易い」

「子の刻に相談事、斯様密かにとは？」

「金のことでござる」

堂安の細い目が光る。

「金のこと?」

「さよう、金のことでござる」

「匂いのする金のようだ。この話、引かせてもらおう」

「まあ堂安殿、最後まで聞いてくだされ」

「聞くだけは聞かせてもらおう」

「堂安殿、貴公の手を煩わせることはない。話というのは、ただ一寸顔を出して、金を受け取ってもらえばいいことだ。これは堂安殿を見込んでのことだ」

「ただ顔を出すだけのことで、……如何ほどの金か?」

「一回百両を越す」

「一回百両を越す?　何回も?」

「その通り、何もはばからぬ金だ。何も心配することはない」

「お手前の話。よく分かりかねる」

「とりあえず一回やってくださらぬか。さすれば事の次第が分かる。お手前の身の安全は、この利兼、命に代えて保証する」

「今の言葉に、偽りはないか」

「間違いはござらぬ、ここに五両ある。当座の手間賃だ」

「利兼殿の言うことを信じよう。して、金の受け取りは？」

「三日後の六つ（午後六時）、浅草御蔵、上ノ御門前の元旅籠町の茶店どん兵衛で、某藩重役方から金を受け取ることだ」

「ただそれだけ？」

「それだけだ。むつかしいことはない。金は二百両だ」

「承った。利兼殿の言葉に従おう」

「三日後、浅草御蔵前の茶店どん兵衛だ。話はついた。一献参ろう」

「酒は、……どうも」

「何か差し障りでも？」

「いいや、……嫌いではない」

堂安は、頭巾の口元の覆いを、ゆっくり横に引いた。利兼は息を呑んだ。

右の口元から顎にかけて、ざっくりと肉が盛り上がる刀の傷痕《きずあと》、薄気味が悪い。飲み込む酒が、てらてらと唇に残る。

三日後の六つ、浅草御蔵前の茶店どん兵衛の床几に腰かけて、堂安は人を待った。堂安は羽織袴、頭巾を被った上に笠をかぶり、口元できつく締めている。

男が現れた。正装をした武士である、被り物の笠が深く、顔がよく分からない。男は堂安に近づくと、間を空けず黙って腰を下ろし、前を向いたまま、

「加藤大蔵少輔家の堂安殿であられるか」

「さよう」

「確かめられよ」

懐から包を取り出し、堂安の横に置く。堂安は確かめる。二百両である。

男は横目でちらっと堂安を見る。細い眼に派手な頭巾。左手の手首がない。小さな袋が括り付けてある。

「確かに二百両。お名前を」

男は無言で立ち上がり、足早に離れる。立ち去る男は。堂安の異様さを背に受けて恐怖に震えていた。

堂安はこうした金の受け取り（藩米売買は春・秋・冬の年三回）を、何回も各藩の重役から受け取った。金額は千五百両になった。

受け渡しは初回と同じ。渡す本人の名前・藩名などは不問であった。しかし彼らは、堂安から恐怖と無言の恫喝を受けたのであった。

堂安は利兼に、

「金は闇の金か」

「大坂堂島の米市場で蔵役人をしていた。ここでは万余の金が動く。巨大な金の動く所には必ず不浄な金が動く。この金に手を突っ込んだ」

「手を突っ込む次第を知りたいもの。拙者と利兼殿との仲ではないか」

「言うまい。聞くまい。堂安殿のためでもある」

しかし堂安は、金の動きが大坂堂島の藩米販売と同時期であり、運んでくる男が御蔵前の両替屋からであることを知っていた。

冬米の処理が一段落して、密かに二人は会った。利兼は集めた千五百両を前にして、

「堂安殿、ご苦労であった。千五百両もの金、何事もなく無事集められた。堂安殿の力添えの賜物であると感謝しますぞ」

「拙者にとって軽い仕事。お役に立てて喜んでいる」

さて、自分への分配は如何なものかと、内心計算する。

「如何であろう、この金の元手、一から十までのからくりは、元来拙者のもの。堂安殿を軽んじるわけではないが、分け前は二対一では？」

「……」

「ご不満か？」

「利兼殿千両、拙者五百両か。元手は確かに利兼殿。拙者の働きも考えると、わからぬでもない」

堂安は五百両の分け前を手にして、

「そこで一つ、お願いがあるのだが」

堂安はすべての金の受け渡しに、己が出向くのをよしとはしていなかった。彼は人と対面することが好きではなかった。彼の一番の決め手は、妖気で魔性の雰囲気であることを分かっていた。これは十分伝わっていると考えた。その上いやしくも加藤大蔵少輔家の第二の当主である。仕組みはおおよそ理解している。仕事はむつかしいものではない。この際、人任せも出来ぬことではない。

堂安には密かな夢があった。彼の幼少期は捨て子のような状態であった。荒れた生活を生き抜いた痕跡が、なくなった手であり、顔面を隠さなければならぬ、口元から顎にかけての傷痕である。何人でもよい、家来が欲しい、家来を持つ身を味わいたい。

堂安ははやる気持ちを抑える。

「聞かせてもらおう」

利兼はこれまで仕事が滞りなく片付き安心感があった。

「手下を雇いたいのだが」

「手下に任せて大丈夫か」

「大丈夫。やり方は拙者が熟知している。手を抜くことはさせない。事と次第によっては、殺生も辞さない」

「ならば貴公に任せよう」

「五人程、手当てを折半ではと思っているのだが……」

「如何ほどになる」

「五人のうち一人は特別三十両、他の四人は二十両ずつ。とりあえず全部で百十両」

「これは春、秋、冬の一年分だな。拙者は五十五両か。よかろう。これからも長い付き合いになる。必要とあれば、その時考えよう」

「長い付き合いになると聞いて、安心した」

「何事もなければの話。すべて貴公にお任せする。面倒は禁物、全てが台無しになる。天下に恥じない仕事ではないのだ」

堂安は人集めに取り掛かった。特別な一人として、つかまえた腕の立つ剣客が、元浜松藩指南役吉井玄蔵である。彼は豪胆・厳格・妥協を許さない指導で知られていた。

門弟内で彼を憎む者の何人かが、闇討ちに走った。玄蔵は彼らのうちの一人の命を奪った。彼は藩内の地位を失い江戸へ出奔した。堂安は彼の噂を知っていた。

本所の人入れ稼業表屋で、堂安は玄蔵を見つけた。彼を口説き落とすのに大した苦労はいらなかった。彼は食いっぱぐれていた。

堂安は重要人物として玄蔵のことを利兼に話した。利兼は、

「ほかの四人の身元、腕、経歴は大丈夫か」

「身元は道中手形を持ってこさせました。腕は吉井玄蔵に確かめさせましたが、経歴は、本人の言葉によりますから、はっきり言って、自信はない。拙者の睨みに任せて欲しい」

この四人も人入れ屋で探した。腕の立つものが触れ込みであったが、堂安はむしろ、浪

人生活の短い人物を欲した。江戸時代も下るにしたがって、浪人は増えている。この中で浪人間もない人物を探したのは、武士の掟やしきたりを体得し、崩れていない手合いが良かったのだ。しかしこの手のことは、思うに任せない。

賭場に集めた連中に向かって、堂安はいつもの服装で、横に玄蔵を従え、念入りに仕事の手順を説明し、玄蔵以外の四人に向かって、

「仕事について他人へ何も話すな。黙って言われたようにせよ。金は諸君を守るためと心得よ。命がかかっているのだ。このご時世手軽に二十両もの金が入ると思うな」

十分に言い聞かせたつもりであった。この時堂安の胸中につきあげるものがあった。

「諸君等の面倒は今日から、わしが見る。諸君等はわしの家来である。密かな家来である。素性については十分心得よ」

彼は睨みをきかせたつもりであった。


堂安が関わった一期目の春・秋・冬と、問題はなかった。雇い人に任せた二期目も滞りなく金の受け渡しは済んだ。堂安は自信を持った。

次年度の春から、金の受け取りは、吉井玄蔵が当たった。だが、下屋敷の賭場で金を受

け取る玄蔵は、雇人の雰囲気がおかしいと感じることがあった。

その夜玄蔵は雇人の一人、平家与平次から金を受け取ることになっていた。金額は二百二十両。遅くなって現れた平家与平次は、ぞんざいに金を玄蔵に渡した。玄蔵が確かめると二百十五両であった。玄蔵はぎょろりと与平次を睨んで、

「五両足らないが……」

与平次は皮肉な笑いを唇に寄せ、

「ちょっと借用いたしました」

玄蔵の怒りは、燃え上がった。

「何事か！　ふざけるな。この野郎、只では済まされぬぞ！」

玄蔵の語気に力が入る。

「にっちもさっちもいかなくなって、すぐ返しますから」

玄蔵の気合いに屈することもなく、とぼけてみせる与平次に向かって、玄蔵は大刀を持ち膝頭を立てて、

「何を言っとる！　重大な仕事に穴をあけるつもりか。最初の堂安殿の言葉を忘れたか！」

与平次は胡坐をかいて、うそぶく。

「どうせ右から左へのあぶく銭でしょうが」

「約束を違えたな！　お前のやっていることは、雇われ人の分限を超えておる！　やめてもらわねばなるまい！」

「拙者一人が首だとは割に合いませんな。他の三人も金のことは知ってますよ。気持ちは皆似たようなもんだ」

これは一種の反乱だ。事態の重大さに玄蔵は、自分自身を落ち着かせ、

「致し方がない。与平次！　必ず金は返せ！」

と、言葉を抑える。

「ええきっと！」

「今日のことはこれまで。全て内密だ。金は必ず返すように、全ての沙汰はそれからだ！」

その夜、玄蔵の足は加藤大蔵少輔家に向かった。玄蔵は堂安にその夜のことを話した。

堂安は、

「玄蔵殿、軽々に事を起こさなくてよかった。重大事態の発生だ。急いては事を仕損じる。上とも相談する必要がある。じっくり策を考えよう。ところで、その平家与平次はどうし

て金に困ったのだろう」

と言って大きくため息をついた。（家来のことは淡い夢だった？）

「堂安殿、我等は下屋敷の賭場を使いすぎましたな。与平次は年がいって世間ずれした抜け目のない男、おまけに賭けごと好き、油断も隙もあったもんじゃあない。人集めを急ぎ過ぎましたな」

「人入れ屋のおしまいの二人は、確かに急ぎ過ぎた。いずれにしろ事態は急を要する。拙者からの連絡を待て」

日を待たず堂安からの連絡を受け、玄蔵は加藤大蔵少輔家の上屋敷へ急ぐ。面と向かって堂安は、

「玄蔵殿、良く聴け。四人とも処分だ」

「処分と申しますと？」

堂安は、無言で右手を左肩から右わき腹へとずらした。玄蔵は、

「気の毒だとは思うが、やむなしと心得る。しかし後釜は？」

「玄蔵、それはお前だ。とにかく甘い気持ちは許されない。厳命だ。口約束ではない。ここに約定をしたためてある」

玄蔵は桐の小箱を渡される。箱の中の書状を開いて読む。間違いなく厳命の約定だ。重いものが、体に寄りかかってくる。堂安は、

「ぐずぐずしている暇などない。急ぎ任務をやり遂げよ」

玄蔵は立ち上がると、小箱を羽織の袖に収め、

「ご無礼する」

と言って、頭を下げ、玄関へ向かう。


おりしも小雨がぱらつき出す。足は自ずととりあえず、松平出雲守の下屋敷にある賭場へ向かう。

通いなれた道、小雨の降る中を足早であった。賭場に着くと、羽織はかなり小雨を浴びている。両の手で水滴を払い、羽織を脱ぐと衣紋掛けにかけ、厠《かわや》へ急ぐ。この時階段を上がっていく男が目に入った。『はて……？』階段を登った男は高岡慎太郎であった。彼は賭場の胴元、倉安の七郎の女房お鶴を連れての、夜逃げの最中であった。

「おい早くしろ、こい！」

女の手を引くと、音を立てずに階段を下りる。視線は落ち着かない。衣紋掛けの羽織が

目に入る。行きがけの駄賃、ちょっとでも金があればが、この時の慎太郎の気持ちであった。急いで羽織をまさぐる。中にあった小箱を手荒に取り出し、懐にねじ込み、女の手を引いてこっそりと勝手口から出た。

厠から戻った玄蔵は衣紋掛けの異変に気が付く。触ってみると例の物がない。『さてはあの野郎！　まだ遠くへは行っていない』玄蔵は荒々しく賭場を飛び出すと、逃げた男を追う。

逃げ出した二人は、まんぷくの軒先にたどり着く。はあはあ息をしながら、慎太郎はまんぷくの提灯の明かりを頼りに、小箱を紐解き中を見る。

『ここに、申しつけたことについて、紙上をもって確認する。間違いなきように心得よ。以下のさ・や・へ・だ、の四名は、貴公熟知の人物である。早急に処刑せよ、やり方は貴公に任せる。

六月一日　　◎　』

慎太郎の手はわなわなと震えた。慎太郎の名前も載っている。いずれが自分か彼には分かる。

『やられる！』慎太郎は吉井玄蔵の羽織を知っている。自分をまさに追ってきているはずだ。

彼は混乱する。混乱の脳中に現れたのは、馬之介。本所吉田丁の馬之介であった。慎太郎は女を引っ張って、ひたすら吉田丁の馬之介宅へ、雨の中を突っ走った。

これが六月一日の、雨の日の慎太郎と馬之介の出会いであった。

玄蔵は堂安の命を受けて、早速仕事に取り掛かった。同御掃除丁の平家与平次を訪ね、言葉巧みに雑木林に誘い出し、後ろからばっさり切った。ついで音羽町四丁目の大恩地長矩、下屋敷庭内の矢田部十兵衛の三名であった。

ただ玄蔵には、最初の与平次の時には、仏心があった。彼は手代を使い、事後の面倒に気を使った。

六

半月もたって浅草御蔵六番堀に男の死体が見つかった。堀は中ノ門前、まわりはひどい血の海。御蔵奉行の手代が堀の底から死体を引っ張り上げた。亡骸の男は三十歳前後の武士風、見事に袈裟懸けにやられている。

町奉行所から同心が来て調べに当たった。男は御蔵前森田町の両替商、大淀屋の雇われ者であった。名前は、甲斐利永三十一歳。

大淀屋の主が言うには、

「昨今何かとごたごたがあり、用心のため雇いました。昨日は夕刻になって、本所あたりで、一杯やると言って出て行きました。何も特別変わったことはありませんでしたよ」

この一件を仲間から聞いた同心滝川吉継には、ピンと来るものがあった。ここのところ続く殺人とその手口、特に遺体のむごたらしさ、吉継の脳裏には、馬之介や吉継が追っている、吉井玄蔵の姿が浮かんできた。

吉継は馬之介に御蔵堀の殺人について話した。馬之介は吉継の関心に同意するが、馬之介の関心は、まずは遺体の名前であった。甲斐利永は、例のさ・や・へ・だ、には結びつかない。

「『さ・へ』がない。これは一体どうしたことか」

馬之介の疑問に対して、吉継の頭は別のことを考えていた。

「どう考えても、利永の死には玄蔵が絡んでいる。彼がやったに違いない。遺体の切り口はまさに彼のものだ。利永と玄蔵の結びつきを調べてみる必要がある」

「両替商大淀屋の主が鍵を握っている。彼は利永の死について何か知っている」

「ならば当たってみよう。馬之介殿ご同行願いますよ」

七

馬之介と滝川吉継は連れ立って、御蔵前森田町の両替商、大淀屋へ行った。顔を出した主は馬之介を見、吉継に目をやり、彼の十手に視線を注いだ。いつもの包み金くらいをと、ふっと思ったが、いつもと違う。不安である。蔵前の堀の甲斐利永の一件もある。

上がり框《がまち》に腰かけ十手をちらつかせる同心に、変な男がついている。長身に着流し、脇に置いた大刀が上物、上品でゆったりしている。小太りで赤ら顔の主は愛想よく、

「これはこれは、ご苦労様です。本日はまた？」

吉継はおだやかに、

「早速であるが、先日堀で見つかった遺体の男について、少々尋ねたいことがあってな」

「甲斐利永様のことでございますか。でしたら奉行所のお調べがあったとき申したとおりでございます。私どもにはこれと言って何も……」

吉継は身を乗り出して、尋問を続ける。

「その甲斐とやらを何時頃、雇われたか」

「半月ほど前でございます」

「大淀屋さんが直接雇われた？」

「ええ、手前が人入れ屋に頼んで」

「どこの人入れ屋か」

「確か神田松永町だったと思いますが」

「店の名前は？」

「えーと、何と言ったか、主の名は覚えています、喜兵衛さんではなかったかと？」

「店の名前を覚えていない。そんなことってあるのかな。ところで馬之介殿、神田松永町はよく行くんだが、あのあたりに人入れ屋はなかったように思うが……」

「定廻りのお手前のこと、間違うことはないだろう、拙者も時にはあそこに出向く。おぼえがないな」

吉継は苦笑しながら、

「人一人が殺されたこと、しかも残忍な手口、甲斐利永には何か後ろめたいことでもあったのではないか。甲斐について、もっと調べなければならぬと考えている。一度その人入れ屋の主に会って話を聞いてみなくてはと思っている。これはお奉行の意見でもある。ついては、神田松永町へ行って、当時のことを聞いてみたい。ご同行願いたい」

「いえ、いえッ、何も私が行かなくっても！」

主は身振り手振りで決然と断る。

「大淀屋さん、嘘でしょう、お手前が松永町で、直に雇ったっていうのは。これからのこともある、隠さず話してもらいたいもの。半月前に雇ったっていうのも信じられん」

大淀屋の主、商売相手のことなど、軽々しく話すべきではないと、取り繕ってはみたが、嘘をつきとおすことのできる相手でもないと、半ばあきらめる。

「隠しだてはできませんね」

「聞かせてもらおう」

馬之介は吉継の手練に敬服し、主の話に興味を隠せない。主は吉継を直視して、

「甲斐利永様の仕事といえば、用心棒でして、亡くなられる前の日、さるお方に頼まれまして……」

馬之介と吉継、口調を合わせるように、

「一体それは誰だ！」

「それだけは、申し上げられません。商売上のこと、許してくださいよー」

哀願調である。商売柄の秘密もある。

「どんな男かぐらいはいいだろう」と馬之介。

「さる藩の立派なお方」

連れてきた男を前にして、さるお方は、

「この男を何も聞かずに、用心棒ということで半日雇ってほしい。迷惑は一切かけはせぬ」

とおっしゃられました。

見ると体格のいい、腕の立ちそうなお侍。商売柄、良く知ったお方だ。

「よろしゅうございます。半日でよろしいですか？」

「それでよい。半日の間だ。済めば仕事を切り上げて本人が出て行く。その時、受け取った為替の中から、五十両渡してほしい」

お分かりになると思いますが、手前が怪訝な顔で、さるお方を見ますと、大きく手を振って、

「聞くまい。迷惑はかけない。心配するな。大淀屋頼んだぞ」

と言って、出ていかれました。

馬之介が、

「大淀屋、為替と言ったが、どこからか」

「大坂堂島の米市場からです」

吉継が、

「じゃあ金は藩米代金からだ。待てよ、一部かもしれん。妙だな」

「へえ、その通りなんですよ。去年は春、秋、冬と時期になると、あの方が来まして、大体二百両前後の金を持っていかれます。ところが今度は全く違いますよ、変に思いますよ、二百両が五十両ですから、ひょっとすると、今回の金は前とは違うかもしれません」

「為替はいつでも二百両？」

「いいえー！　このお方の場合は春の総額が、七百五十両で、そこからの二百両です」

馬之介が身を乗り出し、

「春の藩米代金が、七百五十両とは少なすぎる。七百五十両のうちこれまでは二百両か。そのうちの五十両になったのか。ここの変わりがよく分からん。余った残りはどうするのか」

「師走にまとめて取りに来ます」

「おかしな金の動き。臭うぞ、この金」と吉継。

「甲斐利永は闇の世界の金に関わっている」と馬之介。

「ご亭主、その日の甲斐利永は？」

「その日の六つ（午後六時）前頃、『主、世話になったな。ご無礼する。例の物を頂こう』と言って、五十両持って出ていかれました」

「その後が、御蔵前の堀で見つかったあの遺体だ。ところで、……馬之介殿、大淀屋へ定期的に訪れる者は、蔵米代金の一部を受け取って、ある人物に渡しているんじゃないか。藩米代金の一部を、何かの代金として支払っているみたいだ」

「何故、誰に、が問題だ」

馬之介は、吉継を見、大淀屋の主を見た。さらに、

「一度、大淀屋から出て来る藩のお偉方とおぼしき人物の後をつけたら、誰に会っているのか分かるのではないか」

吉継は頷いて、

「三次にやらせよう」と言い、

「大淀屋、次は手下の三次に、誰に金を手渡すかを見届けさせたい。手配の段取りを頼む」

二人は大淀屋を出た。

三次は知らせを受けると、大淀屋に行った。大淀屋の離れに一室をあてがわれて、半日過ごした。六つ頃、手代が呼びに来た。玄関近くでこっそり出て来た主に会った。主は小声で、『あの方ですよ』と三次に教えた。

男は肩衣に袴、編み笠を深くかぶり、口元でしっかり締めている。人相はよく分からない。

大淀屋を出ると左に折れて、すたすた歩く。足早だ。人を避けつつ、間合いに気を付け三次は後を追う。

男は元旅籠町《もとはたごちょう》二丁目で立ち止まり、一瞬、後ろを振り返る。顎を上げて店の看板を見て中に入った。どん兵衛である。待っていた男の横に座った。

待っていた男は、大淀屋から出て来た侍とは全く違う。笠で顔は分からぬが、着流しに雪駄履き、大柄で貫禄がある。何やら物を手渡し、二人ともさっと立ち上がった。どん兵衛を出ると、そ知らぬふりで歩き出した。

三次は大柄で着流し姿の侍をつける。『どこかで見たようだ』

男はゆったりと歩いているようで、歩みは早い。八幡社の鳥居が近づくと、人影が多くなった。三次は時々首を伸ばして、男を探す。

急に男は早足になった。八幡社の鳥居の前で三次は男を見失った。

男は、はなから用心していたのだ。男は境内の一角で、うろうろする三次をしばらく眺めて楽しんだ。三次はやがて八幡社から、出て来るだろうと待っていたが、無駄であった。

三次は失敗した。


三次から話を聞いた吉継と馬之介は、これからについて話し合った。次回の受け渡しは、大淀屋と相談の上、馬之介が代わってやることになった。今回は大淀屋から金を受け取って、渡す藩士役を馬之介がするのだ。

受け渡しの予定日、六つ（午後六時）、馬之介は肩衣に袴、編み笠を被り、先に行ってどん兵衛で相手を待った。五つ半から六つ半まで、一刻待った。が相手は現れなかった。思わぬことであった。

次の日は、早めに行って待った。六つ近く、まだ日は残っている。

現れた男は、無言で馬之介の左に座った。男は着流し、編み笠姿。馬之介は二百両の包みを出した。男が右手を出して、金をとろうとした時、馬之介は男の手首を摑んだ。男はぐっと手を引こうと力を入れる。馬之介の左手は、男の右手を離さなかった。二人は顔を見合わせた。

「吉井玄蔵！　やっぱりお前か！」

「目障りな、貴様か！」

玄蔵は馬之介がいることに驚き、

「なんで貴様がここに！」

「玄蔵、貴様、誤ったな。何故、甲斐利永を切った。調べられると思わなかったのか」

「貴様には関わらぬこと。わしの心の内が分かってたまるか」

「貴様が利永を切ったから、拙者はここにいる。この金のいわれが分かるまでは、金は渡さぬ」

馬之介は渾身の力を込めて、金を引っ張り取った。

「利永といったか。あ奴と同じようになりたいか。あ奴も同じようなことを言った。金は全部は渡さない。五十両で我慢せよとぬかしおった。おまけに貴様のやっていることは、恐喝だとも言いやがった」

馬之介は腰を据え、ぐっと玄蔵を睨むと、

「吉井玄蔵！　取れるものなら取ってみよ」

「やる気か！」

「やる気だ！」

二人は表へ出た。成田不動大護院八幡宮の鳥居が目と鼻の先にある。二人は鳥居をくぐった。ちらほら人影のある境内の奥へと進んだ。馬之介は歩きながら、これは大変な勝負になる。負ければ人生の終わりだ。吉継を連れて来るべきであったと思う。本殿の裏側は雑木林である。

馬之介はこの時、はたと金地院の雑木林を思い出した。馬之介が見た最初の殺人現場は、金地院の雑木林であった。惨殺死体は背後からバッサリやられ、うつ伏せになっていたと思われる。

近づいて後ろを見せたら危ない。玄蔵の手口は、金地院の雑木林にある。馬之介は隙を見せず、サッと玄蔵の脇をすり抜け、四、五間奥に飛び込み、向きを変え、笠を投げ捨て抜刀した。玄蔵も同じように、抜刀して馬之介と向かい合った。本殿から漏れる灯明がぼんやりと二人を映す。

「玄蔵！　冥土の土産によく覚えておけ。拙者の名前は、関谷馬之介、金地院の竹脇順三郎のようにはいかぬぞ！」

「馬之介とやら、間抜けな男よ。竹脇順三郎など知らぬ。冥土の土産に教えてやろう。拙者が切ったのは、平家与平次だ」

平家与平次の名を聞いて、馬之介は驚き、長い間の暗雲が晴れる。馬之介の疑問が氷解したのだ。さ・や・へ・だの「へ」だ。不思議なことにこの時、馬之介の緊張が一瞬解けた。

「玄蔵、いよいよ年貢の納め時。面白いことを聞かせてやろう。貴様が失くした加藤大蔵少輔家のお化けが渡した、暗殺命令書は、拙者の手元にある」

「関谷馬之介！　うろたえるな！　もうそんなものはクソの役にも立たん！　これだ！」

玄蔵は真っ向から鋭く大刀を打ち下ろした。切られた小枝がパラパラと散った。馬之介は、横に大刀を払いながら避けた。その時、微かに馬之介の草鞋が木の根に触れた。馬之介の姿勢が低くなる。ニヤリと玄蔵の表情が動いた。玄蔵得意な袈裟懸けの一刀が、馬之介めがけて襲った。思いもよらぬことが起こった。玄蔵のへさきがほんのわずかだが松の枝にかかり、大刀の動きが一瞬止まった。

馬之介はこの機を逃さなかった。一気に玄蔵の腹部めがけて、大刀を突き出した。刀は玄蔵の背中を突き抜けた。

玄蔵は慌てたそぶりは見せなかった。見下ろす馬之介に、微笑みを浮かべ、

「思わぬ隙を作ってしまった」

と言って、静かに目を閉じる。玄蔵に向かって馬之介は声をかけた。

「吉井玄蔵殿、まだ死んではならぬ。勧進元は誰だ！」

玄蔵は微かに薄目を開け、

「下屋敷の利兼だ……」

吉井玄蔵は息絶えた。

馬之介から連絡を受けた滝川吉継は直ぐ動いた。事態は慌ただしく進展した。

調べが加藤大蔵少輔家に入った時には、堂安はすでに死んでいた。

手放すことのなかった頭巾は外され、無くなった手首を隠した袋とともに枕元に並んでいた。顔面の白布を除くと、切傷で腫れあがった唇の奥に歯が覗いていた。喉元を突き抜いた匕首《あいくち》が彼の命を奪ったのだろう。線香が焚かれ、蠟燭の火が明るい。

傍らに喪服姿で座っている小柄な女性は、堂安の隠れた女ではなかったか。

藩米の裏金をネタに恐喝を働き、金を巧妙に脅し取った松平出雲守の下屋敷の当主、松平利兼は切腹を命じられたが、関係各藩にはお咎めはなかった。

利兼の切腹には、老中の意向が働いた。彼は成り上がり者の利兼の悪辣さを憎んだ。加えて、藩主松平利保の決断も早かった。利保は、下屋敷での殺人の噂を耳にし、自ら調べに入ったときから、利兼の処分を決めていた。

下屋敷の賭場は閉鎖され、関係者は遠島や所払いとなった。

馬之介は玄蔵との勝負がついたときから、全ては終わったと感じていた。彼はさ・や・へ・だの「さ」は、逃亡した高岡慎太郎に間違いないと分かっていた。

馬之介は、問題の桐の小箱を、暗殺命令書とともに燃やした。燃やしながら、馬之介の脳裏にあった軽い疑問は、高岡慎太郎は、「た」であるはずなのに、どうして「さ」となっているのか、どうして作成者の堂安は、最初に「さ」を持ってきたのかであった。

「妖怪堂安の死」と題された瓦版は、大いに世間を騒がせたが、騒ぎが納まるのは早かった。

　梅雨が明けた。日差しが眩しい。馬之介は華やいだ気分で、両国橋の火除け地（明暦の大火の後、延焼を防ぐために作った。繁華街となった）に行った。彼はふと、人ごみの見世物の前で立ち止まった。

「さあー、さあー寄ってらっしゃい、見てらっしゃい！……」

　浪人が右手に持った長い刀を天に突き出し、左手に持った幾重にも折りたたんだ紙を刀に挟んでいる。ガマの油売りだ。馬之介は長身、群衆の中でひときわ目立つ。浪人は手を休め、

「皆さん、申し訳ありませんが、今日のところはこれで……」

と言って、馬之介の前に来た。

「旦那、お久しぶりです。その節は……」

　頭を下げる男の横に、白鉢巻きに襷がけの大柄な女がいる。男は馬之介にとって、高岡慎太郎であった。生活苦が顔に出ているが、元気なのは嬉しい。

「貴公に会って聞きたいことは山ほどあるが、これだけは聞いておきたい。仲間の内で貴

公は何と呼ばれていたのか」

「さのやです」

「さのや？　またどうして？」

「亡くなった堂安殿が、最後の仲間として、人入れ屋の佐野屋で雇ったのが私でして、見つけるまでに、相当苦労したのでしょう。その上、私を軽く見ていたのでしょう。会うたびに、見るたびに、『おい佐野屋、やい佐野屋』と言っていましたから。口癖でしたね」

馬之介は内心『そんなこと』と呟き、含み笑いが止まらない。

「佐野屋のおじさん、今日の仕事は切り上げよう。飯でも食いに行こう。昼間っから一杯やろう」

「結構ですねー」

馬之介は懐手、袂を風になびかせ、慎太郎は長い刀を肩に担いで大股に、お鶴は弾んだ足取りで、三人は風を切って人ごみを行く。

流れる

一

旧知の帯刀《たてわき》大作が訪ねてきた。七つ刻（午後四時）。馬之介は寝そべって煙草をふかしていた。何事もない漠とした閑な時であった。大作の訪問は馬之介にとって嬉しいことであった。

大作は、

「閑そうだな」と言って、

「どうだい、出かけるとこがあるが、ついてくるかい」

馬之介に、異論などあろうはずがない。すぐに支度をして、大作の後をついていく。大作は何も言わずにどんどん歩く。

大作は堅川で猪牙船《ちょきぶね》を拾った。馬之介は大作の船頭への一言が気にかかる。（いったいどこへ?)

「柳橋へ頼む」

行き先が柳橋と知って、柳橋の賑やかな風情が馬之介の脳裏にちらつく。

「柳橋のどこへ?」と船頭。

「向こうへ着いたら言う」

猪牙船は二人を乗せて、いつものように早い。町並みを過ぎ、大川を渡る。

馬之介の脳裏には、提灯の灯りで賑わう柳橋の風景があった。

「帯刀殿、柳橋へはちと早くないか」

大作は笑って、

「当てが外れた?……柳橋にもいろいろあるからな」

「楽しみですな。どこか聞きたいもの」

大作は馬之介に向かって、小指を立て、

「これは抜き、……けどあるかな、すぐ分かるよ……」

と言いながら、船頭に、

「そこを曲がって、右だ」

船が横付けされた桟橋の前の大提灯に、舟菊とある。まだ火は入っていない。

大作は船頭に金を払うと、ひょいと桟橋に乗り移って、馬之介を待つ。馬之介は、舟菊の二階家の建物を見上げ、聞こえる三味線の音に、不思議な面持ちである。

二人が舟菊の暖簾をくぐろうとした時、腰の曲がった小柄な老人が出てきて、提灯に火を入れ出した。

「爺、しばらく見なかったが、達者だったかい」と大作。

「これはこれは、帯刀様、お久しぶりでございます。歳はとってもほれ、このとおり」

袂を両手で広げ、ぴんと腰を伸ばし、胸を張る。

爺と言われたこの男、小さな顔におちょぼ口、目尻が下がって、この上ない平和顔。

「本日はお連れ様とご一緒で?」

馬之介を見て頭を下げる。

「竹馬の友じゃ。上がらせてもらうよ」

大作は家に入ると、さっさと階段を上がっていく。三味線の音が大きくなる。お香の匂いも加わる。小さくはあるが、女の声がやさしく届く。馬之介は小唄の稽古場と分かる。

馬之介の気分は、悪くない。

「しばらく聞こうじゃあないか」

大作は膝の上に広げた掌に、隣の部屋から聞こえてくる音に調子を合わせ、口ずさみながら、扇子を打つ。

次に聞こえて来たのが男の声。澄んで響きが心地よい。しばらくすると、五十過ぎの上品な商人風の男が出てきて、廊下で座して、二人に挨拶をする。

「帯刀様、お先にご無礼致します」

出て行く男を見て馬之介が、

「どなた?」

「日本橋の呉服屋の主、喜左衛門だ。さあ一緒に参ろう」

連れ立って隣の部屋に入る。六畳ほどの間に、師匠が三味線を抱え座っていた。挨拶をすませた大作が、

「菊弥殿、これは野暮な竹馬の友、関谷馬之介殿だ。これからのこともある。ほんの顔見世に連れて参った。お見知りおきを」

馬之介は菊弥と視線を交わす。歳の頃三十半ば、胸の厚み、腿の膨らみが男心を誘う。

「関谷馬之介様、菊弥と申します。よろしゅうお願いいたします」

「拙者にとって、本日が初顔合わせ。お邪魔にならぬように、勉強させていただきます」

「帯刀様、始めましょう」

菊弥は、ばちをとって、軽く爪弾き、いりを唄う。

「月もおぼろに……春霞み……今宵のお主は……」

声は小さいが、肚から聞こえてくる。春霞み……の声の伸びは、たおやかで、胸に響いてくる。馬之介は惚れぼれとして、眼を閉じ聞き入る。玄人の唄は新鮮であった。

「帯刀様、どうぞ」の声。

大作は菊弥の後を、

「月はおぼろに春霞……」と唄う。

「続けて」の師匠の声に、

「今宵のお主は、待ち人顔……拙者の来るのが……」

大作の唄は、素直にこちらへ伝わってこない。これは馬之介にも分かる。

しばらく唄うと、師匠は丁寧に、一区切り一区切り、苦になるところを指導する。大作は繰り返して唄うが、どうも馬之介にはピンとこない。

「どうです。少しはましになりましたか？」

「お上手になりましたねえ、この前を思うと帯刀様のお声に自信を感じます」

「拙者もまんざら捨てたもんじゃあなさそうだ。どうだい馬之介殿も始めたら。どうせ暇なんだろうに」

「何時でもお待ちしてますよ」

こう言うと菊弥は、流し目で馬之介を見る。

馬之介は菊弥を相手の唄の手習いに魅力を感じる。でも素直にお願いしますとは言えない。

「いやあ、酒好きの拙者、このような刻は、馴染みの弘庵で日頃は……」

「あらー、そうですの。私もお酒は少々ならいけるくち……、馬之介様となら、お相手しますよ」

これは菊弥のお誘いだ。彼女は一目で馬之介に好感を抱いた様子であった。馬之介の反応は早い。

「これはお願いしなければなるまい。大作殿もよう知っておるとおり。唄など唄ったこともない野暮天の拙者、懲りずになんごにお願いしますよ」

大作が、

「さあ、決まった。馬之介殿を連れてきたかいがあったというもんだ。よかった、よかった」

大作の紹介の上、入門となる。

以来、馬之介は舟菊に通うことになる。

例によって馬之介は、猪牙船を使って、柳橋の舟菊へ行った。菊弥との間は急速に狭まっていく。

こうした何回目の手習いの時であった。稽古が終わった後で菊弥が、

「馬之介様、次は何時いらっしゃってくださいます？」

こんなふうに聞かれると、嬉しくなる。

「そうねえ……」

「馬之介様とお会いするのを、菊弥は楽しみにしています。何時いらっしゃるのか分かれば、気が休まります。お教えくださる？」

「五日後では？」

「もう少し早ようなりません？　四日後の宵の口では？」

「じゃあ、四日後の七つ半（午後五時）ということでは？」

「嬉しゅうございます。お忘れなくきっとですよ」

菊弥の強い視線は、馬之介に有無を言わせない。実のところ馬之介は、密かに喜んでいたのである。

約束の日は、飛ぶようにやって来た。馬之介が舟菊についた約束の宵の口であった。早めの稽古が終わると、

「爺、お願い」

菊弥が下へ向かって声をかける。

階段を軽快に上がる足音がして、爺が酒を持って上がってきた。盆を並べると、

「男手ですみません。ごゆるりと」

と言って、馬之介を見る。目じりが下がっているのは生来なのか、にこやかに馬之介を見る。階段を下りていく後ろ姿を見て、馬之介は身軽な御仁だと思う。

「大丈夫かな、他の皆さん今日は？」

「ご心配はいりません。休みにしてありますから」

予定日を決めたことの合点がいく。

二人の会話は、とりとめもない。弾んで楽しい。ふと立ち上がった菊弥が戸を開ける。馬之介は菊弥の立ち居を背後から見る。大柄で腰から下の着物が、引っ張られて、横に筋が入っている。馬之介が好む体型である。

腰を下ろして、腰板に片肘をかけ川面を見下す。菊弥が、

「馬之介様、こちらへいらっしゃらない」

立ち上がった馬之介も、菊弥の横に座って、同じように川面を見下す。

川の流れは淀みない。風はなく小波も立てず、のんびりと下っていく。対岸にちらほらと灯りが灯る。馬之介は菊弥の横顔を見る。菊弥の眼差しは微笑んでいる。菊弥の手がそっと馬之介の手を押さえた。馬之介は手を返して、指を絡ませた。菊弥から強い反応が返ってきた。

菊弥は、唇を馬之介の耳元へ近づけると、小さく、

「誰も上がってこないから」

馬之介は、菊弥の後ろに回ると、菊弥の着物と腰巻をたくし上げた。何の抵抗もなかった。馬之介の眼前には、白い大きなふくよかな塊があった。

馬之介が、階段を下りていくと、爺が正座して馬之介を待っていた。馬之介を見ると、目じりにしわを寄せ微笑んだ。馬之介はドキッとする。

「馬之介様、きちんとご挨拶もしないで、過ごしてまいりましたが、清右衛門と申します」

「これは相すまなかった。これからは清右衛門と呼ばせていただこう」

「今までどおり、爺と呼んでいただいて結構です」

「何か拙者に御用がおありの様子？」

「実は……こんなことは馬之介様にしかお願いすることは……いや失礼かと……」

「遠慮することはござらん。申されてみよ」

「お許しがいただけたので、思い切ってお話しします。嫌ならお断りしてくださっても結構です」

「事と次第によっては、もちろんお断りもいたそう」

「実は、稽古にいらっしゃる方々は、十六人います。この方々に会っていただきたいのです」

「何のために？」

「それぞれの方について、率直な馬之介様の感想をお聞きしたいのです」

「清右衛門さん、奇妙な話だ。菊弥殿も承知のうえか?」

馬之介は先ほどの出来事との関連が頭に浮かぶ。

「師匠も承知のうえです」

「会うといっても、どのように?」

「ご安心ください。こちらへどうぞ」

清右衛門は、部屋の階段の裏を通って、別階段を上がり、稽古場の裏側に出る。窮屈な一角に身を寄せ、

「馬之介様、ここですよ、あなたがお会いするのは。これは菊弥師匠をお守りするために作ったものです」

小さな覗き窓があった。馬之介が覗いてみると、部屋の中が良く見える。菊弥が手鏡を持ち、横座りして口紅を塗っている。(こんなものを作るなんて)

元来馬之介は、こうしたことを好まない。しかし興味は津々だ。部屋に戻りながら、馬之介は言った。

「あんな狭いところで、毎日長いこと監視を続けるなど、拙者には出来かねる」

「十分心得ています。馬之介様にお手数をおかけせぬように、手筈を整えます。それまでしばらくお待ちください。まずはお引き受けくださったと心得てよろしいでしょうか」

「いろいろ事情はあろうかと思うが、菊弥殿のためだと思い、一応お受けすることにいたそう」

以来馬之介は、早めに舟菊へ出かけ、覗き窓に座る。爺が盆に銚子一本と茶、握り飯三個と、当日の稽古の弟子の名簿を持ってくる。爺は音もたてずに階段を下りていく。

狭い場所での窮屈さ、うまく事が運ばなくて、稽古や話が伸びて長くなるのを心配する。しかし、人知れず他人の行状を見る好奇心は捨てがたい。

川面に灯りがちらつく宵一番に現れたのは、造り酒屋の善兵衛であった。彼は、身だしなみのいい初老。穏やかで鼻筋が通り、若い頃は相当な美男子であったろう。一見すると遊び人には見えない。覗き窓からは、菊弥と善兵衛のやりとりがよく見える。唄う声もよく聞こえる。

菊弥は屈託なく、善兵衛をあしらっている。馬之介の気になったのは、

「……わちきに聞こえしあの声は、かねて知ったるお前様の声……」の部分の唄い方であった。大切な一節なのに、迫力がない。菊弥が丁寧にやさしく範を垂れるのであるが、

一向に追いつかない。一区切り、一区切り繰り返しやって見せて、やらせてみせるが、進歩があまりない。馬之介は善兵衛の執拗さにいら立つ。菊弥にじゃれているようにも見える。

次に来たのが、飾り職人の銀次、三十そこそこ。江戸でも名の知れた職人らしい。目が鋭い。立ち居振る舞いは、穏やか。唄もなかなかなもの。馬之介が苦になったのは師匠とのこんなやりとり、

「師匠、いつも気になるのですが、師匠の手はとても美しい。あっしなんかほれこのとおり、酷いものですよ」

銀次は、手を広げて、菊弥に見せる。菊弥は覗いてみるが、よくは分からない。

「触ってみてください」

菊弥の手を取って、銀次の指先を触らせる。なるほど荒れている。菊弥の左手の指は、三味線の絃を押さえるために、並み以上に堅い。

「師匠の指も堅い。けど、あっしのように荒れていない。手の甲は、何ともお綺麗だ」

銀次は大胆に、菊弥のふっくらとした白い手の甲を撫ぜる。馬之介は思わず、覗き窓に顔を強く押し付ける。

銀次の去ったあと、続けて四人の面通しをした。終わった刻には五つ（午後八時）はとうに過ぎていた。菊弥の、「泊まっていったら」の誘いを断って帰宅する。

疲れて床に臥す馬之介の脳裏に、それぞれの弟子たちの姿態が、生々しく蘇る。師匠に向かって座る位置、体の動き、声掛けの抑揚、眼・手・口の動き等。

弟子たちはみな、菊弥に惚れている。菊弥をものにしたいと思っている。手を変え品を変え、迫る弟子たちのしぐさは、覗き窓から見ると滑稽でさえある。帯刀の姿も目に入った。とても凝視するに堪えなかった。

こうして密かに他人の行状を見るのは、恐ろしいことだが、正義心を凌駕する底知れぬ好奇心が呼び起こされる。

次の日、馬之介は新鮮な気持ちで、覗き窓の前に座った。

この日も刻は予定より大幅に過ぎた。馬之介は早々と床に就いた。横になった馬之介の眼前に菊弥の姿がちらつく。菊弥は色気が増して魅惑的になった。こうした菊弥の生々しさは、馬之介の睡眠を奪った。

馬之介にとって、慌ただしい窮屈な、それでいて結構面白い日々が続いた。

ひとめぐり弟子たちの稽古が終わったところで、馬之介を囲んで、菊弥に清右衛門と三

人で、宴を持った。程よく酔いが回ったところで、清右衛門が口を開いた。愛嬌ある笑いを浮かべながら、

「馬之介様どうでした」

「くたびれ申したな。何分初めての経験、忘れられないものになりましたわ」

「馬之介様のようなお方に、他人の行状を覗き見していただくなんて、お気に召さなかったと思います。面通しということでお願いしたわけですから……、どなたか、これはと思うお方はいらっしゃいましたか？」

馬之介は、好奇心に駆られて、人を見ていたきらいがあった。急には思いつかない。実際それぞれの人物はとても興味深かったのだ。

「そうよねえ……」

「日本橋の名主、惣兵衛様をどのようにお思いになられましたか」

なるほど彼は変わっている。彼は菊弥に口説きのそぶりも見せなかった。が目つきに異常な執拗さがある。とにかく惣兵衛は、幇間のような男で、体を動かし師匠に接していたし、笑いが絶えなかった。

「面白い御仁ですな、たわいもない金持ちの遊び人に見えますが、まだ男気満々ですな」

「左様ですか。そのようにお感じになりましたか」

と言って、

「でもあの方は、日本橋の名主、金には困らない。御大尽で実力者、その上お役所にもお顔を持つお方。気にかかりますなあ」

物兵衛が話題になると、馬之介の脳裏に浮かんできた、菊弥に全く口説きのそぶりを見せなかった人物が、もう一人いる。それは野崎萱太夫だ。

彼は四十を過ぎている。常に真面目に稽古を受けている。こざっぱりした身なりで、特にこれといった特徴はない。唄は特別うまいとは言えない。しかし、馬之介の脳裏には不思議なことに、野崎萱太夫の姿が鮮やかに浮かんできた。馬之介には、萱太夫の立ち居振る舞いから、彼が秘めたる使い手であることも気にかかる。(日頃何を考えているのかしらん)

「清右衛門殿、拙者の岡目には、野崎萱太夫が、気を引く人物だと映りましたが……」

「野崎萱太夫様?……なるほど」

清右衛門は菊弥に視線を送り、同意を求める。菊弥は頷く。馬之介は、

「彼は私から見れば、かなり腕の立つ男。菊弥殿には目もくれず、唄に打ち込む男には見

えないが……」

爺のにこやかな表情が、きつくなる。が、ふっと気を抜いて、

「そうですか、……馬之介様、有難うございました。馬之介様には大変なご足労をおかけしました。稽古の皆様にはしばらくの御休みを言ってあります。明日からしばらく箱根に湯治に出かけたく存じます。お付き合い願いますよ」

と馬之介を誘う。

菊弥の誘いは嬉しい。しかし馬之介は思う。

清右衛門の言う惣兵衛にしろ、馬之介の考える野崎菅太夫にしろ、彼らは、何気なく市井の人物を演じながら、腹に一物持っている。菊弥も清右衛門もそれを気にしている。爺や菊弥は、何か隠している。

馬之介は、きな臭い世界に入り込んでしまった気がする。止めるなら今だの思いはある。しかし菊弥と箱根の温泉旅行は魅力的だ。

二

好天に恵まれ、菊弥と連れ立って、箱根へ向かう馬之介は、何事もなかったようにさわ

やかであった。（何も気にすることはない、あればその時は全力で我が意をとおすのみだ）

箱根での数日間は、夢のような日々であった。朝風呂、昼風呂、宵風呂と体のほてりが消えることがない程であった。

菊弥と差し向かいの晩酌は、酒飲みの醍醐味であった。差しつ差されつの二人の気分は、高揚し、互いを強く引き付けた。

床に入って、夜分の冷え込みを理由に、菊弥は馬之介の布団に潜り込んでもきた。

呑気な箱根生活を終えて、舟菊へ帰ってみると、清右衛門が待ち構えていた。

「馬之介様、お師匠さん、思わぬことが起きました」

「何事でござるか？」

「昨晩のことですが、何者かが当家に侵入した気配があります」

「間違いないか」

「現場は触っていません。どうぞご覧になってください」

清右衛門が、二人を連れて行った所は、二階の稽古部屋であった。

「二階の雨戸をこじ開けて、入ってきたに違いありません、それにしても一階に寝ていた私は全く気づきませんでした。相当に手慣れた者の仕業でしょう」

雨戸を見ると、隅に新しい傷跡がくっきりとある。しかし部屋の中は荒らされた形跡はない。

「何かなくなったものはないか」

三人は辺りを見渡し、検分する。爺と馬之介は、菊弥の様子を注視する。この部屋は菊弥の部屋だからだ。菊弥は慌ただしく文箱、簞笥、押し入れを当たってみる。注視する二人に向かって、横に首を振る。爺の表情は、不安気である。馬之介は菊弥の視線が定まらないのを見て取り、胸がざわつく。

「今一度念入りに見る必要がある」

と言って、まさかと思いつつ、覗き窓に近づき、中を覗いた、特に変わったところはない。

やや安心するが、爺が、

「裏へまわってみましょう」

裏へまわった三人は、覗き窓に見入る。三日間通った馬之介であるが、取り立てて、異変は見つからない。爺が、

「ちょっとどいてください」

と二人をどけ、隅に積んだ座布団を見た、離れてみて、近づいてみて、触ってみて、

「どうもおかしい。人の匂いがする」

馬之介はドキッとする。爺が巧みな侵入者の存在に気づいたからである。つまりこの場所は爺の通いなれた場所だ、と気づいたからである。

侵入者は、菊弥の人知れぬ不安を煽った。

「菊弥殿、何か心配することがおありか」

「いいえ。でも何も取られていなくてよかった」

答える菊弥は、微笑んでいるが、唇がこわばっている。

侵入者が何も取らなかったというのは、おかしいと馬之介は考える。

「まあ、とりあえず、何も取られなかったというのは、幸運であった。そのうちに分かるかもしれん。それにしても爺、何者かが覗き部屋に入ったことがよく分かったもんだ」

「私がこの家にご厄介になってから、長いことになります。掃除も手前の仕事ですから」

「覗き部屋は、私の肝いりで作ったもの。掃除も手前の仕事です」

爺の表情には悪びれたところは感じられなかった。

馬之介は、侵入者は間違いなく菊弥の弟子の関係者にいると考えた。

馬之介は足繁く舟菊に通った。誰にも気づかれず密かに、舟菊の覗き窓に、以前に増して労をいとわず長居をした。稽古中の弟子たちの振る舞いを注意深く観察した。暇な時に馬之介の頭をよぎるのは、菊弥が時折見せる不安気な表情であった。

そんな時、覗き窓の馬之介の視線をえぐる気味の悪い光があった。『誰かがこちらを覗いている』。一瞬であった。二度とは来なかった。向こうから覗き窓を見ると、こちらは全くの暗闇である。……視線を放ったのは、佛源の浪平であった。浪平は仏壇屋の主である。言葉数は少ないが、愛想は良かった。彼は自分の次にやろうとしたことが、良からぬことで、辺りへ気を配ったのだ。

元来浪平は二階から密かに、この屋に忍び込むような、身軽で器用な男には到底見えない。腰の低い五十を過ぎた実直な感じの男である。

浪平は覗き窓に視線を走らせた後で、懐から財布を取り出して、菊弥の顔を覗くように何かを畳の上に置いた。綺麗に紙に包んだ小さなものであった。菊弥の表情は一変した。唇を開け、大きく眼を見開いた。馬之介はその小さな包みの中身を見ようと身を乗り出した。が、無理であった。

浪平は菊弥の手を取ると、強引に菊弥を引き寄せた。しなだれかかる菊弥の袂に手を入れ、奥深くまさぐった。

「おやめください！」

菊弥が鋭く言って、袖を振り払った。この瞬間、菊弥の腕が伸びて、畳上の紙に包んだ物をとろうとしたが、浪平の手の方が早かった。

浪平の厳しい表情は消え、立ち上がりながら、

「お師匠さん、これでよろしいかね」

歩き出す浪平に向かって、菊弥は、

「ちょっとお待ちになって」

浪平は構わず階段を下りて行く。茶を持って上がってきた爺とすれ違う。部屋に入った爺は、菊弥の狼狽ぶりに驚き、振り返って、浪平を視線で追う。

稽古が終わり二人は、ひそひそ話。

菊弥が心配な馬之介は、一階に降りて菊弥を探すが見当たらない。二人の姿はどこにもない。不用心でよそ者が来ても大変である。馬之介はぽつねんと二人の帰りを待った。

二人が帰ってきたのは、深夜に近かった。馬之介を見るなり、爺が口を切った。

「馬之介様、有難うございました。わざわざお待ちになってくださるなんて」

頭を下げる爺の表情にいつものような笑みがなく、体からは力が感じられない。

菊弥が、

「お世話をおかけしました」と頭を下げる。

「大変慌ただしい様子。いったい何があったんです」

爺は菊弥を見て同意を得るように肯き、話し出した。

「率直に包み隠さず申し上げましょう。実は私ども二人は、浪平さんのところに行っていました」

「二人そろってか？」

「左様でございます。浪平は一人者、部屋の中は、仏壇や仏具が並び、薄暗い中に、灯明があがっていました。先客がいて二人でひそひそと話をしていました。私どもに気が付くと、ぴたりと話を止め、相方の男が近づいてきました」

「どんな男か？」

「目の鋭い、職人風の男」

「それで……」

馬之介が聞くと、爺がそれからについて話した。

「例の物を頂きに参った。渡してもらおう」と爺。

男は、部屋の中の浪平に顔を向けて、

「おい、浪平さん。例の物って何だい」

「どちらさんだえ？」

聞かれて浪平がゆっくりと顔を前へ突き出す。

「しらばっくれるな。知らねえとは言わせねえ」と爺。

職人風の男は菊弥に目をやると、

「一体こいつらあ何者だ」

男は爺に向かってきた。爺の反応は早かった。相手の首筋へ、鋭い手刀をいれ、ひるむ相手のみぞおちに拳を突き刺した。目をむいて悶絶する相方を見て、浪平は奥へ逃げ出す。手あたり次第に、物をぶっつけた。爺は身軽に飛んでくるものを避け、とうとう浪平を部屋の隅に追い詰めた。浪平は壁を背に恐怖の眼差しで爺を見る。相棒がやられた爺の早業が恐怖をそそる。爺は静かに浪平に近づき、懐の匕首を抜いた。匕首を首筋に当てて、

「例の物を出してもらおうか」

おびえた浪平は懐から、紙に包んだ小さな塊を取り出した。爺はそれを受け取ると、気絶した浪平の相方を縛って、現れた菊弥に渡した。菊弥は紙を開いて、爺に頷いた。囲碁の白石であった。次の瞬間、爺は匕首の柄で浪平の脳天を一撃した。浪平は崩れるようにその場に蹲《うずく》まった。

浪平が目を覚ました時には、手足は縛られ身動きができなくなっていた。

「浪平さんよ、どうしてこんな物を手に入れようとしたのか、聞かせてもらおうじゃないか、これはきっとお手前の考えたことではあるまい」

「さるお方に教えられたんですよ、舟菊の師匠さんとこには面白いものがあるってんで」

「それだけか？」

「そのお方の言うには、浪平さん、お前さんも独り者、毎晩寂しい思いをしてるんじゃあないか。菊弥師匠は脂の乗り切った女、私の言うことを聞いてみたら、楽しい思いも出来るというもの、どうだいやってみてくれるかいと」

「浪平さんよ。その話を持ってきたのは、誰だい」

「稽古に来ている町名主の惣兵衛さんだ」

惣兵衛の名前を聞いて、菊弥も爺も顔を見合わせる。

惣兵衛は仕事柄、町内の仏事・慶事に関わることが多い。浪平の実直な仕事ぶりや口が堅いことを知っている。また闇の世界に通じているのも感じていた。

「その隠し持っている大事なものを、惣兵衛の所へ持ってこいということか」

「ということで、五両もらいました。それで裏街道の矢平次を使って、盗ませました」

「目的の物の形や隠し場所がよく分かったもんだ」

「それは惣兵衛さんがよく分かっていたようだ。そのねうち、いわれもご存じのようでして、私を誘い込んだのだ。ちらっと見せるだけで、後はそれをネタにゆすればよかったんですが、助平根性を出したのが、大失敗だった」

「惣兵衛はどのようにして、菊弥が大切にして隠し持っている品物のありかを知ったんだ」

「そいつぁ、あっしらの知るところじゃありません。ところが彼は知っていました。惣兵衛さんの狙いの付けどころは、身近な貴重品入れの中だと聞かされました」

三

何年か前のこと、惣兵衛は町方との茶飲み話の席で、役人から、……ある旗本の三男坊が、賭け碁をやった。相手も同じ旗本の息子、部屋住みだ。賭け金は十両、相当な額だ。双方真剣そのもの、賭け金を思えば合点がいく。昼間っから始めた勝負、とうとう深夜になる。長時間の勝負、眼が翳《かす》んでくる。劫《こう》の詰めに入る。最終的に劫の詰め合いは、勝負を決定する。

女中が茶を持ってきて、盤上を見つめながら、茶を一服して、湯呑を置くために目をそらした瞬間、事が起こった。重大な勝負の帰趨を決める白黒の石が一つ入れ替わっていたのだ。やられた側は、部屋住み男、やにわに刀を抜いて、「この野郎」と斬った。

碁盤の裏の中央には、首置きの溝がある。八百長は斬首の掟だ。男が刀を抜いたのはよく分かる。相手の男の避けようとした右手の指がとんだ。うとうとしていた立会人が、目を覚まし現場を注視した時には、血飛沫が飛び、高坏《たかつき》の二十両は消えていた。誠に妙なことだが、後で白石が一つ消えていることが分かった。飛び出した男には、女がいた。女は唄の師匠で、この女の稽古場づくりの開業資金が、男には必要だったのだ。部屋住みの男には金がない。男は逐電した。その後、男の行方はようとして分からない……。

それからの惣兵衛のやったことは分かる。彼にとって、舟菊の師匠を探し出すのは難しいことではなかった。彼は初対面で、菊弥の色っぽさにすっかり参ってしまった。

修羅場で勝ち取ったときの証拠品である白石一つは、貴重な記念品で、男の魂である。惣兵衛は、金を菊弥に渡す時、いきさつを話し、石を渡したに違いない。石には菊弥の頭文字〝き〟の字が彫ってあった。惚れた男が残した唯一の証《あかし》、他人様にとってはどうでもいい白石一つが、菊弥には手放せない心のよりどころでもある。

惣兵衛はかって話を聞いた役人に、消えた男の消息について尋ねた。男は数年前、島田宿で亡くなっていた。惣兵衛には、肉感的な菊弥が忘れられない。五十過ぎの体がうずく。

そこで惣兵衛は浪平を誘い込んだのである。


馬之介は、その夜泊まっていくことにした。

その夜は馬之介にとって、激しい夜であり、また静かな夜でもあった。馬之介は菊弥の話を聞くことになった。

菊弥は馬之介の腕の中で、口を開いた。

「私が愛した箕作兵馬様は、剛直で優しいお方でした。しがない流しの私を拾ってくださいました。爺から聞いた話では、お父上の箕作丹後様は、鉄砲奉行与力、三百五十石の旗本でした。そのお父上が、賭け碁の事件直後、言ったそうです。

『お前が次男坊の旗本として、部屋住みの悲哀を感じているのは良く知っている。この際だから言っておくが、これから三年間身を隠せ。今のままでは、世上皆が興奮していて、何をやっても話にならん。周りが落ち着いて、事の次第を平静に話し合えるまでは、身を隠しておくのが得策だ。ここに五十両ある。十分とは言えないが、苦労して作った金だ。それに手代の清右衛門をつける。お前の面倒は清右衛門が見てくれる。彼は長年我が家に勤めた男、忠義で実直、機転が利いて、働き者である。腕も立つ。とにかく身を隠せ』」

「そんなことがあったのか」

「爺が私の前に現れたのが、一年ちょっと前、悲しい知らせを持ってまいりました」

「兵馬殿に関係することか？」

「そうです」

と言って、菊弥の言葉が途切れる。

「兵馬様は亡くなられたということでした」

爺が言うには、

「江戸から中山道を上がって、京都に入り、さらに大坂に出て、寺子屋で近所の子供たちを教えていました。細々ではありますが、何事もなく平和な毎日でした。

二年も過ぎて、三年目に入ろうとする頃から、兵馬様の様子が変わってきました。『江戸へ帰りたい』と言うのです。世慣れた殿の言う三年が、待てなくなったのです。もう少し我慢なさってください。お父上の申される三年が参ります。でないとついて参りました私のお役目もたちません、と申したのですが、どうも菊弥様への募る思いがあったのでしょう。

二月に入って、すべてが凍てつく日、『江戸へ帰る』と言って、てこでも動かない様子、吹雪の中で鈴鹿峠を超えました。桑名からの海路や今切の渡しを通って、兵馬様の歩きは江戸へ近づくにしたがって速くなりました。大井川は人を頼んでの渡し、それで良かったのですが、島田宿の川越では、『川の水はたいしてない。大丈夫だ』と言って、寒中の中、腿までつかって渡りました。

その夜、酷い悪寒に襲われ、医者の処方も効かず、二日後には、咳や痰がひっきりなしになり、胸を押さえ、息もままならず、もがき苦しみながら旅立っていかれました。患ってから間もない命でした。こうまで兵馬様をさせたのは、菊弥様への思いだったのでしょう」

ここまで話すと、菊弥の涙は頬を伝って、留まることを知らない。

兵馬が亡くなってからの菊弥の落胆は分かる。ふっと馬之介は、自分が兵馬の身代わりではなかったかと思う。馬之介は泣きぬれる菊弥を強く抱きしめた。

兵馬の消息を伝えた清右衛門は、

「私は箕作家に長いことお世話になっている身、兵馬様の面倒を見るということで、今まで尽くしてまいりました。兵馬様の亡くなってしまった今、箕作家に帰って行く道がありますが、これから行き先の少ない人生、これからもずっと菊弥様とご一緒願えんでしょうか」と、爺の話。

この話は、菊弥にとっては願ったりかなったり。菊弥は喜んで受け入れた。爺の働きは献身的で、菊弥にとってなくてはならぬ存在となった。爺の働きに感謝するうちに、菊弥は、爺が箕作丹後から因果を含められて来ているのではないかと思った。丹後の子思い、武士の義理に基づくものではなかったか。

惣兵衛は、浪平から話を聞いて、稽古へ行くのをやめた。菊弥が手放せない碁石を追うこともやめた。接触を断つと、菊弥籠絡の思いは一層強くなった。

彼は菊弥を手中にする夢を夜な夜な見た。そのためには、菊弥の周りの人間をたち切って、菊弥を一人身にさせてしまうのが肝心だ。こうしておけば、自らの手で、菊弥を籠絡することができる。まずは清右衛門と馬之介を除くことだ。そのためには手段を選ばず、金に糸目もつけない。

惣兵衛は、着々と夢の中の妄想の実現に取り掛かった。

四

馬之介が弘庵を訪ねたのは、久しぶりであった。よろず相談所の権兵衛と良衛医師から声がかかり、近況を語ることになった。三人とも隣近所に住み、嫁取りに精を出し、馬之介以外は、身を納め落ち着いた生活を得たばかりである。

「やあやあ、お久しぶり。新婚生活を楽しんでおられるか？」

良衛医師が、

「結婚生活はいいもんだ。これは結婚してみないと分からない」

馬之介は二人を見て、

「おのろけですか」

権兵衛が、

「良衛さんの言うとおりだ。ところでお手前、あの時の江戸城のお女中、あれはいいとこまで行ったみたい。最後の詰めは？」

「それがどうも……」

「だめだったのか」と権兵衛。

「立派なかんざし、千歳殿の心をいただいたが……」

良衛医師が、二人の会話に割って入り、

「馬之介殿は、最後の詰めが甘い。男らしさがない」

馬之介のふがいなさにいら立つ。そんなことはないと言い聞かせ、ひょいと横を向くと、男が立っている。帯刀大作である、彼は、

「よお」

と言って、馬之介を見、権兵衛と良衛医師を見る。

馬之介は立ち上がって、

「これは久しぶり、彼は竹馬の友、帯刀大作殿だ。何の遠慮もいらん。場所を替えて、飲みなおしだ。彼は拙者の恋愛問題に無関係でもない。おーい主、二階を頼むぞ」

「そりゃーいい。ゆっくりやりましょうや」と権兵衛。

一瞬逡巡するが、大作は馬之介について、二階へ上がる。

馬之介は、

「大作殿、ここにいるのは、我が家の隣人、医師の良衛殿とよろず相談の権兵衛殿だ。お互い何事も包み隠さずの仲だ」

「折角の機会、二階での飲み会は好都合じゃ。久しぶりに馬さんの御尊顔を拝して、この間の話の続きを聞かせてもらおうじゃあないか」

大作も仲間に入って、

「どうやら馬之介殿の嫁の話か、そいつは聞き捨てならぬ。拙者も馬之介殿の惚れっぱなしを聞かせていただこう」

良衛医師が、まずは一杯注いでもらいましょう、と杯を突き出し、

「帯刀殿もいらっしゃること、今少し私どもの話をしなければなりません。去年のこと、私ども三人は、亀戸天満宮へ藤見に出かけました。その時、船橋屋で一献楽しみました。その時どうもわれらの生活に張りがない。満たされるものがない。嫁を娶ったらということになりました。約束の期日を決め、秋の菊祭りには、それぞれ嫁を娶って、会おうじゃあないかと申し合わせをいたしました」

ここでいったん、話を切って、

「そうでしたねえ、馬之介殿」

「いかにも」と馬之介。

「ところが私ども二人は、約束を果たし、結婚相手を連れて、船橋屋へ出向きました。驚きました。この時、現れた馬之介殿は、まったくの一人、ただ畳の上に煌《きら》びやかなかんざしを一つ置き、ただただ頭を下げられたが、あの時の馬之介殿には嬉しげな安堵の表情があった」

「馬之介殿、いったいこれは何？」

「申し訳ないが、これが嫁取りの貴公らに対する拙者の証だ」

権兵衛が、

「立派なかんざし、一方ならぬ良家の娘さんに違いない。何か特別な手違いがあったやもしれぬ。やにさがった馬之介殿を見て我等、深くは追及しなかった。今日はとっておきの場、あれからを聞かせてもらうよ」

大作が、

「そんな話があったんか」

「大作殿はこのことは関係ござらん、相手は現役の殿中のお女中、あの時の雰囲気でいくらかは分かっていただけたはず。実はお女中から頂いたかんざしは、彼女の固い約束の証、あの日、本人をお見せすることはかなわなかったが、これが彼女の心中だと分かってくだされとお見せした」

権兵衛が馬之介を睨んで、

「あれから一歩の進歩もないのか」

「約束を守っている気配のないのは、武士たるもの残念至極」と良衛医師。

「いまだに馬之介殿の身辺に変わりがないのは、破局であったと思う。しかし、馬之介殿、過日拙者が紹介した、舟菊の師匠菊弥の件はどうなっているのだ。噂では、二人はただならぬ間柄だと聞いておる」

大作は憮然とした面持ちだ。

「拙者が何もしていないかのように申されるのは心外だ。舟菊の師匠の件では、現在頭を悩ましておる。貴公等の知りたい気持ちは分からぬでもない。この道は、恋の道。静かに見守って欲しいもの」

大作は、

「深入りするつもりはないが、馬之介殿、元来が恋多い男、しかし相手を悲しませてはならんぞ」

権兵衛も良衛医師も菊弥の件には、興味津々であるが、馬之介の幸せを願い、今しばらく待とうの気持ちがあった。

馬之介は、

「貴公等の言外を痛く感じる。この馬之介も何時までも若くはない。気持ちは固まっている」

事態が切迫して、重くのしかかっているのを感じながら、頭を畳にくっつけ、深く礼をした。

馬之介が舟菊を訪ねたのは、翌日の夕刻であった。門前の舟菊の灯りはなく、静かであった。部屋の中の行燈は暗く、菊弥と爺が座っていた。

「ごめんよ。今日はお休み?」

「ええ、お休みです。これからずっとになりますね」と爺。

「清右衛門さん、いったい何があったんかい」

馬之介は、清右衛門の顔を見て驚く。眼の下に引っかき傷があり、右の腕に包帯を厚く巻いている。

「昨日、稽古が終わって、提灯を下ろそうとしていた時、突然ものすごい唸り声、見ると暗闇の中を、歯をむき出しにした、真っ黒な犬が睨んでいました。次の瞬間犬は、猛烈な勢いでとびかかってきました。片方の足で私の顔をひっかき、私の右肱にがっぷりとかみつきました。ちっとやそっとでは離れません」

「それは大変だ、で、どうした？」

「懐の匕首を左手に持って、柄で犬の脳天に叩き込みました。犬はゴロンと川淵に落ち、流れていきました」

「傷の具合はどうか」

「命にかかわるほどのことはありません」

「それにしても、馬之介様、盗人といい、近頃変な出来事が続いています。異常だとは思いませんか」

爺の馬之介を見る目は真剣である。

「馬之介様、菊弥は怖くなりました」

「確かに言われるとおり。嫌な予感もする」

「それに稽古もうまくいっているとは言えません。きちんと稽古にみえた方が休んだり、稽古に身が入っていない感じだったり、だらだらと日が過ぎていっているみたい。どうも以前と様子が変わりました」

馬之介が、

「他に何か変わったことは？」

菊弥が、

「はたから見ればどうと言うことはないと思いますが、時が時ですから、私にとってはとても嫌なことがありました」

「それは？」

「野崎菅太夫様の奥方様がいらっしゃったことです」

「何用で？」

「三日前の夜、私の顔を見るなり、あなたがここの師匠の菊弥さんか。と私をじろじろ見るのです。額に青筋が立っていました」

「何方さまで？」

と菊弥は尋ねた。それから当日のあらましを話し出した。

「野崎菅太夫の家の者です」

「野崎様の奥方がまた何用で?」

「うちの主人の近頃の稽古はどんなふうか」と問われ、菊弥は、

「真面目に稽古に励んでいる。ゆっくりではあるが、それなりに上達している。弟子として申し分ない方だ。ただ、どちらかと言えば、柔らかみがあれば、素晴らしい」

と応える。これに対して、奥方は、

「そんなはずはない。家では以前に比べて、落ち着きがなく、私に隠し事をしているみたいだ。ちょくちょく夜遊びに出たり、私にきつく当たったりする」

それからしばらく、青筋の立った顔で私を見つめる。菊弥はとんと合点がいかない。

「何か誤解をしているのでは?」

奥方は、菊弥を見据えて、

「この際だから言っておきます。今後一切主人との関わり合いを断っていただきます。主人が何と言おうと、これは家内の務めです。稽古は止めさせます」

斯様な経験は皆無ではなかったが、菅太夫の奥方の勢いに驚く。これは浮気問題だ。稽

古を見てみれば、皆似たような問題に関わっている。己は十分に魅力があり、これが商売の糧にもなっている。嫌な罪を背負っていても、何とか生きてきた。

最近の出来事は、菊弥の意欲を削ぐ。

馬之介は、色気たっぷりな菊弥の周辺には、いよいよ避けられないものが来たなと思う。菊弥に、ここのところの出来事に辟易としている様子が、感じられる。

「菊弥殿、この商売もそろそろかな」

「さっぱりあきらめをつけるのは無理みたい」

「しかし考えねばならぬ。今宵のところはこれまで」

馬之介には今のところ、妙案が浮かばない。それだけに気が重い。

馬之介が、大刀をもって立ち上がり、薄暗い舟菊の三和土を出た時に、事は起こった。

編み笠、黒の着流しの男が、玄関脇の左手から馬之介めがけて、刀を振り下ろした。全く不意をついた攻撃であった。さっと身を引いた馬之介であったが、間に合わなかった。左肱に切っ先がかかり、血が噴き出した。傷口を押さえながら、後ずさりして、抜刀した。

男は有無を言わせず上から打ち込んでくる。受けて立つ馬之介であるが、片手を痛め強くはない。相手の大刀筋は鋭く、一命を奪う気迫がある。

これを二階から見ていた清右衛門は、先ごろ泥棒よけに用意したつっかえ棒をとると、馬之介の相手の背中へ向けて、力いっぱい投げつけた。つっかえ棒には回転がかかっていた。クルクル回転がかかったつっかえ棒は、真っすぐに飛んで、男の背中に命中した。

男がひるんだすきに馬之介は態勢を整え、男へ向かって斬り込んだ。二階から屋根を伝い身軽に飛び降りた清右衛門は、男に立ち向かった。清右衛門と馬之介を相手にして、男は一瞬狼狽した。だがすぐ清右衛門に的を絞ると斬りかかった。男が狙った清右衛門の首筋への一刀と馬之介が狙った男への追い打ちの一刀が、同時であった。清右衛門は髷の先端が切り落とされ、大の字になって失神し、男の背中からは、血飛沫が噴き出した。男は苦し紛れに馬之介を睨んで、

「これで終わると思うな!」

暗闇の中を飛ぶように、消えて行った。

馬之介は清右衛門を担いで家の中に入った。そこには顔面蒼白な菊弥が待っていた。馬之介を見ると、

「もう嫌!　我慢できません!」

さすがに馬之介は、今夜の一件に恐怖を感じる。背後に何者かが介在している。何者だ

ろう？　逃げた男は「これで終わると思うな」と言った。命をかける難題の渦中にいると確信する。傷口を治療しながら、馬之介は菊弥との関係に暗いものを感じる。また、決心しなければの思いも脳裏をよぎる。

帰宅後の布団の中で、まんじりともせずに菊弥との思い出に浸る。

爺は箕作丹後を訪ねた。箕作丹後は快く爺に会ってくれた。丹後は爺を見て、感慨深げであった。爺の年を考えた。爺の変化は、愛おしいものであった。彼は爺の包帯や先端がなくなった髷や明るさの消えた表情を見るにつけ、只ごとならぬものを感じた。

爺は長い旅の暮らしや、最近の菊弥について話した。話を聞いて、

「菊弥は我がせがれと将来を誓う仲であった。あんなことになってしまって、可哀そうなことをした。清右衛門よ、この丹後決して、息子兵馬のことを忘れてはいない。ましてや気の毒な菊弥についても同様である。菊弥については、いつも頭にある」

清右衛門は、丹後なりに菊弥の将来を考えているのを感じ、

「殿のお考えをお聞かせください」

「これ以上江戸にいるのも考えもんだ」

「しかし、菊弥様には、馬之介様という言い交わしたお方がいらっしゃいます」

「どのような男か」

清右衛門は、馬之介について知っていることをすべて話した。話の途中で丹後の問いかけがあり、彼なりに馬之介と菊弥の関係について理解を深めた。

清右衛門の話に聞き入っていた丹後は、

「その馬之介とやらとのこれからは、今までと同じようになる。大事なのは菊弥の命であり倖せだ。それには菊弥は、今までの暮らしを断ち切って、出直すことだ。もちろん耐え難かろうが、馬之介殿とも手を切らねばならぬ」

「出直すと申されますが……」

「心配するな。幸い私の弟に尾張藩藩士、武美宗次郎というのがいる。宗次郎は兵馬の叔父だ。かれは御納戸役で、江戸の暮らしにも通じている。弟はこの私の頼みを聞いてくれるはずだ。江戸を離れての生活は、尾張ということになろうが、菊弥には重々話しておきたい。拙宅に一度まいるように伝えて欲しい。ところで清右衛門、お主はこの際どうするつもりだ」

「私の腹はとうに決まっています」
「菊弥と別れて、この屋敷にもどるか」
「いいえ！　滅相もない！　菊弥様のお側に仕えます。殿にお仕えするのも、兵馬様にお仕えするのも、菊弥様にお仕えするのも、私にとっては、当たり前の道、菊弥様が断ると言えばべつです」
「左様か……それなら菊弥の面倒を見てやっておくれ。わしも言うがこれからのこと、菊弥によくいい聞かせてほしい。お主の強い説得で事が順調に進むことを強く願いたい」

事件から二日経った。馬之介が腹を決めるのに二日かかった。彼は彼なりに腹を決めた。彼はすべてをかなぐり捨てた。ただ一つ、菊弥とともに生きていかねばなるまいと。

馬之介は早朝舟菊へ出かけた。

玄関を入って、馬之介は驚いた。爺と菊弥が旅姿で、出かけようとしていたからである。

馬之介を見ると、菊弥がさっと近づいてきて、両手をついて、

「馬之介様、お世話になりました。黙ってそっと消えるつもりでした。この度、兵馬様の父上、箕作丹後様や爺とも相談の上、丹後様の弟、尾張藩藩士武美宗次郎様のお力添えを

頂いて、尾張の地で生まれ変わって暮らすことになりました。江戸の地には思い出もあり、馬之介様とは、本当にいろいろございました。未練がましくなっては、決めた決意が揺らぎます。黙ってお送りください」

と言って、爺を促す。爺は馬之介に深く頭を下げる、目じりの下がった柔和な顔が何か言いたそうであったが、猪牙船の船頭に促され、船に乗る。動き出す船を見て、馬之介の拳がわなわなと震える。やにわに彼は、抜刀して取り忘れた舟菊の大提灯を切って落とし、重ねると空中に投げ、

「エイッ！　エイーッ」

と十文字に、四つに切り落とした。四つに散った提灯は、猪牙船を追ってゆく。川面を流れる提灯の向こうに、包帯を巻いた手を振る爺がおり、笠で顔を隠す菊弥がいる。

馬之介は、思い切りよく踵《きびす》を返した。

あとがき

最終稿まで時間がかかってしまいました。最初の予定では六月でした。三篇のうち二篇は、予定通りでしたが、三篇目「流れる」ですっかり時間をとってしまいました。理由はいくつかありますが、ユーチューブのテーマを限らずの見過ぎで、睡眠不足の毎日であったのと、孫が夏休みに仲間と、佐久島の小屋へ行きたいと言ってきましたので、急遽小屋の増改築をしたこと等。とにかく受け入れ準備は大変でした。その上コロナに罹患し、完治に二週間以上かかったこと、コロナで意欲は減退し、判断力・注意力も同様、パソコンの前に座ることを遮断されてしまいました。

出来上がった作品は、到底満足のいくものではありません。加齢もあるかなと八十六歳を案じました。

最近昔のことをふっと思い出します。忘れぬうちに……と。

五十六年前、（小生三十）夏休みに三十六日間、一人でトランク一つを持って、ソ連・北欧・南欧・アフリカ・中近東・インド・アジアの各地を回りました。

必要に応じて、航空会社へ出向いて、航空券の予約をしました。アリタリア航空の航空券を持っていましたので、ローマのアリタリアの事務所で、カイロ行の予約をしました。

応対に出たのは、若い乗務員の服装をした男でした。彼は手続きをしながら、

「ファーストクラスの席が空いているので、乗ってみないか」と、ごく普通に言いました。

その時の私はすぐ、言葉を返しました。

「問題があっても困るから、結構だ」

おそらく生涯にわたって、ファーストクラスに乗ることはないと思います。

事務所の前の歩道に座って、旅行プランを確かめていた時、後ろから声がしました。

「トランクに気を付けられよ、股の間に挟んでおかれよ」

男はそそくさと、足早に離れていきました。見ると先程の乗務員でした。

先日テレビで、ファーストクラスのことを耳にし、私はローマの一件を思い出し、（残念だったな）、一言、乗務員に言うべきであった。

「ジョーク？」と。

閑話休題。

「馬之介悠遊Ⅲ」を書き上げて、不満足。若さ不足を痛感。馬之介版をそろそろ切り上げようか……。

面白いものを、が願いでしたが、新鮮味に欠けてきました。

今後は、悠々自適に、夢であったインターナショナルなサスペンス物や現代物を手掛けたいと思います。家内に「やめてください」と懇願されそうですが……。

思いつくまま自由気楽にやっていきたいと思います。そうでないと、これからの毎日が大変です。

昨年横浜の中華街でありました高校の同窓会に、幹事の竹内洋市さんの勧めもあって、参加する機会に恵まれました。小生の作品について、その後温かい感想も頂きました。その他各方面からも、熱の入ったお手紙を頂きました。この場をお借りして厚くお礼申し上げます。

文藝春秋社の和賀正樹氏には、相も変わらず励ましを頂きました。数多く頂いた手紙の底流に流れる気遣いには、いつも心を打たれました。

二〇二五年二月

久島　宥三

著者略歴

久島宥三（くしま　ゆうぞう）

本名・三浦裕（みうら　ゆたか）
1938（昭和13）年　豊橋市生まれ。
時習館高校、愛知学芸大学史学教室卒。
小・中・高校教師、小・中は校長。
主な著書に、
『アフターリタイア　高齢化社会　懲りずに気ままに20数年』（2019年 親和原田プリント）
『馬之介悠遊　久島宥三作品集』（2022年 文藝春秋企画出版部）
『馬之介悠遊　久島宥三作品集Ⅱ』（2023年 同上）
『馬之介悠遊　久島宥三作品集Ⅲ』（2025年 同上）など。

馬《うま》之《の》介《すけ》悠《ゆう》遊《ゆう》
久《く》島《しま》宥《ゆう》三《ぞう》作《さく》品《ひん》集《しゅう》Ⅲ

二〇二五年二月二八日　初版第一刷発行

著者　久《く》島《しま》宥《ゆう》三《ぞう》
発行　株式会社文藝春秋企画出版部
発売　株式会社文藝春秋
〒一〇二―八〇〇八
東京都千代田区紀尾井町三―二三
電話〇三―三二八八―六九三五（直通）
装丁　箕浦卓
本文デザイン　落合雅之
印刷・製本　株式会社　フクイン
万一、落丁・乱丁の場合は、お手数ですが文藝春秋企画出版部宛にお送りください。送料当社負担でお取り替えいたします。
定価はカバーに表示してあります。

ISBN978-4-16-009076-7
Printed in JAPAN